U0501253

狄更斯的圣诞故事

教堂钟声

〔英〕查尔斯·狄更斯 著

裘因 译

人民文学出版社

辞旧迎新钟声里的精灵故事

我以为没有多少人会愿意在教堂里睡觉的——为使作者和读者之间尽快相互了解，我提请大家注意，我的这种说法既不限于年轻人，也不限于小人物，而是适用于各式各样的人物：小人物和大人物，年轻人和老年人，正在成长的人或已经衰老的人。我不是说在天气暖和的日子做礼拜的时候（在这种时候睡个一两觉也无妨）。我是说在夜里，而且是一个人的时候。我知道在大白天，许多人对我这种见解会感到十分惊讶。可是这适用于夜晚。必须到夜里来争论这个问题；我可以保证，任何对手要是愿意在指定的任何一个狂风呼啸的冬夜，单独同我在一个古老教堂门前的墓地里会面，并且事先同意我把他锁在里面①，如果他愿意，一直锁到第二天凌晨——那我包管能够取胜。

因为，夜里的风会在教堂周围恶作剧。它在回旋时发出呻吟，

---

* 原文 First Quarter，意为第一刻钟。作者用《教堂钟声》作为书名。教堂钟声是每一刻钟敲一次，因此，在这里，作者用"Quarter"（一刻钟）代替一般的"Chapter"（章）。以后各章同此。
① 教堂墓地就在教堂的围墙之内。围墙门可以上锁。

用无形的手推动门窗，寻找可以钻进去的缝隙。等它钻进屋里，又好像没有找到它要寻觅的东西——不管是什么东西——呼啸着，吼叫着，想要重新钻出来。它不甘心只在走廊中徘徊，在圆柱间盘旋，使风琴发出低沉的声音；它飞上屋顶，竭力想把屋梁震裂；然后又绝望地坠落到地面的石板上，咕噜噜地滚进地窖。一会儿它又偷偷地钻出来，沿着墙壁爬行，似乎在低声念诵献给死者的碑文。在一些碑文面前，它似乎在尖声发笑；可是在另一些碑文面前，它仿佛又在为哀悼死者而呜咽啼泣。这黑夜的风在祭坛上发出鬼叫似的声音，好像在狂热地歌颂犯罪和谋杀，歌颂受人崇拜的歪门邪道，而蔑视那块看上去十分美好和光亮，实际上却非常破旧的刻着摩西十诫①的石板。哎哟！上天保佑我们舒舒服服地坐在火炉旁吧！深更半夜，在教堂里呼啸的风，声音真够吓人的！

可是，在高耸入云的尖塔上呢！狂风在那里呼啸！在高耸的尖塔上，它可以在许多通风的窟窿和气窗间自由穿梭，在转梯上来回冲撞，把风信鸡吹得呜呜作响，把塔身吹得摇晃、颤抖！在高耸的尖塔里——钟楼一般就在那儿——铁栏杆已经生锈；由于风霜雨雪的

---

① 上帝吩咐摩西的十诫的内容是："我是耶和华你的上帝，曾将你从埃及地为奴之家领出来。除了我以外，你不可有别的神。不可为自己雕刻偶像，也不可作什么形象——不可跪拜那些像，也不可侍奉他——不可妄称耶和华你上帝的名——当纪念安息日，守为圣日——当孝敬父母，使你的日子在耶和华你上帝所赐你的地上，得以长久。不可杀人。不可奸淫。不可偷盗。不可做假见证陷害人。不可贪恋人的房屋，也不可贪恋人的妻子、仆婢、牛驴并他一切所有的。"见《圣经·旧约·出埃及记》第二十章。

侵蚀而变形的铅板和铜板，在这非同寻常的狂风袭击下，悲怆地呻吟着；鸟儿把寒碜的窝巢筑在老朽的橡树梁橼的角落里，到处是陈年的灰尘；花斑点点的蜘蛛因为长期平安无事变得既懒且胖，它们随着钟的震动，懒洋洋地荡来荡去，从不离开它们那座丝网织成的空中楼阁；遇到紧急情况时，或者像水手那样向上爬去，或者掉在地上，仓皇逃命！夜晚，在古老教堂的高耸的尖塔里是阴森而可怕的，因为它高高地耸立在这万家灯火和人声鼎沸的城镇上空，又远在那漫天飞驰的云彩底下。我要说的那些钟，就在一座古老教堂高耸的尖塔里。

说实话，这都是一些古老的铜钟。许多世纪以前，主教曾给这些铜钟施过洗礼，取过名字。但是年代已经太久了，人们早就找不到记载这一命名仪式的注册簿了。因此，无人知道它们的名字。这些铜钟都曾有过它们的教父教母（说起来，我自己宁愿做一口钟的教父，而不愿做一个男孩儿的教父），而且肯定还有自己的银杯。但是，时光夺去了它们的教父教母，亨利八世①又把它们的银杯熔化掉了。现在这些钟只好兀自挂在教堂的尖塔里，既没有银杯，也没有自己的名字。

可是，这些铜钟并不是哑巴。远非如此，它们有着清晰、响亮、富有活力的大嗓门。顺风时，这钟声在很远很远的地方都能听见。不但如此，它们还很

---

① 亨利八世（1491—1547）：英国国王，1509 年登基。

3

刚强，不需要依赖风的恩赐。因为遇到逆风，它们会英勇搏斗，忠诚地把欢乐的声音送进有心人的耳朵里。每当暴风雨的夜晚，为了非要让守护着病儿的可怜的母亲或者由于丈夫漂泊海上而孤身独处的妻子听到钟声不可，它们每每要击退那狂吼的西北风，就如托比·维克所说的，把它"打得一败涂地"——虽然人们管他叫托罗蒂·维克，可他的名字还是托比，如果没有国会的特别法令，没有人能改变它（除非称他为托拜厄斯①），因为当年他是经过合法命名的，就如同这些大钟一样，不过没有那么隆重，那么大规模庆祝罢了。

拿我来说，我承认我同意托比·维克的信念，因为我相信他完全有可能形成一种正确的信念。所以，托比·维克说什么，我就说什么，而且我支持托比·维克，尽管他确实是整天只待在教堂门口——这是一种很吃力的工作。实际上，托比·维克是一名有执照的脚夫，他是在那里找活干。

托比·维克知道得很清楚，冬天待在这个地方风很大，身上要起鸡皮疙瘩，鼻子冻青，眼睛冻红，脚趾冻僵，牙齿会打战。寒风从拐角上猛扑过来，特别是东风，似乎从大地的尽头冲着托比猛吹过来。而且这风吹到他身上，看来往往比它自己预料的要快。因为，它拐过墙角，吹过托比身边后，往往还会突然折回来，好像在呼喊："哎哟，他在这儿呀！"

---

① 托比是托拜厄斯的简称。

马上，他的白色小围裙给吹起来，就像一个淘气的孩子的衣裳那样盖在脑袋上；那根不结实的小手杖在他手中东扭西歪，两条腿也战战兢兢，这时托比斜着身子，一会儿脸朝这面，一会儿脸朝那面。他给吹得东倒西歪，头发吹得乱蓬蓬的，人给推来推去，弄得十分难受。有时，双脚都离开地面，简直差一点就会出现一个真正的奇迹，他的身子会像一堆青蛙、蜗牛或者其他便于携带的动物有时遇到的情况那样，给吹到半空中，然后又从空中降到世界上某个遥远的、没见过有执照的脚夫的地方，使当地的人们感到十分惊讶。

刮风天尽管如此折磨托比，但却像他的节日一样。事实如此。在刮风天，他似乎不用像别的时候那样要等那么长的时间才能挣到六个便士。他要全力以赴地同狂风搏斗，这迫使他在感到饥饿和沮丧的时候振作起来。要是遇到严寒或是大雪天，那也是一件大事，似乎对他也多少有点好处，尽管很难说清这是怎么回事，托比呀！就这样，刮风、严寒、大雪天，或者下大冰雹，都是托比·维克的节日。

雨天是最糟糕的。又冷，又潮，湿冷湿冷的雨水，就像一件湿漉漉的大衣，把他裹住了。这是托比所能占有的唯一的一种大衣，不过没有它倒还舒服一些。下雨天，密密麻麻的雨点硬是不停地缓缓地往下淋来，街口和他的喉头一样，都给这雨雾堵塞了。冒气的雨伞来回穿梭，犹如无数的陀螺在旋转。这些雨伞在拥挤的人行道上相碰时，洒下令人不愉快的雨水。水沟在喧闹，积满雨水的阴沟洞在哗哗作响。雨水从教堂的突出部分滴滴答答地落到托比身上，他脚下的那捆稻草一会儿就变成一团烂泥。那样的日子才难过呢！确实，在那样的时刻，你可以看到托比在教堂墙角旁的避雨处焦虑地向外张望着，烦闷而郁郁不乐。这避雨的地方实在小得可怜。夏天，它的阴影在洒满阳光的人行道上，最多像一根比较粗的手杖。但是，过一会儿，他出来活动取暖，来回跑上十几圈，这时，他精神就会振作一点，再回到墙前面去，似乎也高兴一些。

　　人们管他叫托罗蒂①，是因为他老爱一溜小跑步。他本想以此来加快点速度，但事实并非如此。也许，他走起来倒还快一些，这是很可能的。可是，要不让托比小跑步，那他会卧床不起，并且死去的。在道路泥泞的日子里，他一跑起来，就溅得浑身是泥，这给他增添好多麻烦。要是走起来就可以轻松多了。不过，正因为如此，他才对小跑步这样爱好。托比尽管是一个身材瘦弱的小老头儿，可总以为自己是个十足的海格立斯②。他总想挣点钱——托比很穷，所以不肯轻易放弃他的爱好——总喜欢认为自己很能干。当他手里拿着一封信或一个小包裹，可以挣到一个先令或是十八个便士的时候，他那平时就鼓得很足的勇气，变得更大了。他就会一面小跑，一面叫嚷着，要他前面那些走得很快的邮差让路。他确实认为，毫

----

① 托罗蒂，原文为 Trotty，来自 Trot（意为小跑）。
② 海格立斯，希腊神话中的大力神。

无疑问，他一定会追上并撞倒他们的。他还信心十足，以为别人拿得起来的任何东西，他都能搬动。只不过没有经常试验而已。

因此，即使在下雨天，托比从墙角里走出来使自己暖和一些时，他也要小跑的。他那双漏水的鞋，歪歪扭扭地在泥泞的地上留下一道道脚印。他哈着气，搓着冰冷的双手。那双旧的灰绒线手套，只有大拇指是分开的，其他几个指头都连在一起，根本抵挡不住刺骨的严寒。他微微地弯着腿，把手杖夹在腋下，小跑着。每当教堂响起钟声，他到马路中间去仰望钟楼时，也是要小跑的。

每天，托比总要去仰望几次钟楼，因为那些钟是他的伙伴。他一听见钟声，总喜欢抬起头来，看看它们居住的地方，猜想着它们是怎样移动的，是什么样的钟锤在敲打它们。他非常想了解这些铜钟，也许，是因为它们和他有着某些相似之处。无论什么天气，不管风吹雨打，这些钟总是挂在那里，它们只能遥望着家家户户屋外的情景，永远也不能靠近从人家窗户里反映出来或从烟囱里喷射出来的熊熊火焰，也无法尝到人们一再从门口或栏杆外递给胖厨师的美味食品。一张张面庞在许多窗口时现时隐，有的年轻、漂亮、可爱，有的却恰恰相反。托比站在街头闲待着的时候，经常注视着这些日常琐事。但他却不见得比那些钟知道得多一些，这些人打哪儿来，又要到哪儿去；一年到头，当他们翕动嘴唇时，曾否说过一句同情他的话？

托比不是一个诡辩家，至少他自己是这样认为的。我也并不想说，当初，在他对这些铜钟发生好感，并且把同它们的邂逅之交结成某种更亲密更微妙的感情时，他已逐一考虑了这些理由，并且在脑子里进行了一次正式检查，或盛大演习。但是，我想说，而且我确实认为，托比身体上的机能，例如他的消化器官，都是自动运转，通过许多活动达到某一目的，而托比对这些活动却一无所知，如果知道了，他倒会感到十分诧异的。同这些机能一样，托比的智力也没有得到他本人同意，就开动了所有机件和其他成千的部件，使他对这些铜钟发生了好感。

　　既然我说他爱这些钟，我就不会收回这个看法，尽管这也难以表达他复杂的感情。因为托比仅仅是一个头脑简单的人，他把这些钟看成某种奇异而庄严的东西。它们是这样的神秘，经常听得到但从来都看不见；它们站得那么高，那么远，音调又如此深沉、洪亮。这使他对它们产生了某种敬畏的心情。有时，当他仰望钟楼上黑洞洞的圆窗时，真有点以为，某种东西会向他招手，那不是一口钟，而是他经常从钟声中听到的某种东西。尽管如此，托比仍然很气愤地斥责一些流言蜚语：说什么这些钟是着了魔的，可能是不吉利的。简而言之，钟声经常在他耳边萦回缭绕，也经常在他脑中浮现，但他对它们的评价总是好的。他每每张着嘴仰望钟楼所在的尖塔，把脖子弄得酸痛不堪，事后不得不来回多跑一两趟来消除酸痛。

在一个寒冷的日子里，托比正在一股劲地小跑，十二点钟敲响了，那最后一下钟声的袅袅余音就像一只很大的，但绝非忙碌的蜜蜂所发出的悦耳的嗡嗡声，从尖塔的四面八方传布开来。

"啊，是吃午饭的时候了！"托比一边说，一边继续在教堂前面来回跑着，"啊！"

托比的鼻子冻得通红，眼皮也冻紫了。他老是眨巴着眼睛，肩膀几乎要耸到耳根上去了。两条腿也冻木了。总的看来，他显然是冷得够呛了。

"啊，是吃午饭的时候了！"托比又说了一遍，他把右手的手套当成一只小的拳击手套，捶打着胸脯，似乎在责备它不应该这么冷，"啊！——"

接着，他又默默地小跑了一两分钟。

"没有什么东西。"托比说着又重新跑了起来。但他突然停住了，脸上露出十分关切而又有些惊恐的神色，小心翼翼地朝上摸了摸鼻子，但只摸了一会儿（因为鼻子不大），很快就结束了。

"我以为它掉了呢，"托比说着又跑了起来，"不过这没什么。如果它掉了，我也肯定不会责怪它的。在冷天，它本来就是很难过的，而且也盼不到什么好处，因为我自己是不闻鼻烟的。就是在情况最好的时候，可怜的家伙，日子也不好过啊。因为就是闻到香味（这是少有的），一般也都是从别人的午饭，或是从面包房里飘过来的。"

这些想法又提起了他尚未结束的念头。

"没有什么东西，"托比说道，"能比吃午饭的时间来得更准，也没有什么东西比午饭来得更不准。这就是两者之间的巨大差别。我花了好多时间才悟出这点道理。我不知道，现在是不是有哪位老爷认为值得为报馆或国会收买这点见解！"

托比不过是在说笑话，因为他在自嘲地使劲摇头。

"真的，天哪！"托比说道，"报上有形形色色的见解，国会里也是一样。这里有一张上星期的报纸，瞧！"他从口袋里掏出一张很脏的报纸，拿得远远的。"什么样的议论都有，真是五花八门！我跟大伙儿一样，想知道一些新闻。"托比慢吞吞地说着，一边把报纸叠得小一点，又塞进了口袋，"可是，我现在不愿意看报了。看起来简直叫人害怕。我不知道我们这些穷人会落个什么下场。上帝保佑，让我们在即将到来的新的一年中能过上好点的日子！"

"哎，爸爸，爸爸！"旁边传来了亲切的叫声。

但托比没有听见，还是照样来回小跑着。他边跑边想，而且还在自言自语。

"我们这号人看来总是做得不对，干不了什么好事，也改不好了。"托比说道，"年轻的时候我没有上过几天学，也弄不清我们该不该降生到世界上。有时候，我觉得我们应该有——点用处的。有时候，又觉得我们大概有些碍事儿。有时候，我简直闹不清，拿不准，我们身上还有没有一点好的地方，还是我们生来就是坏的。我们好像很可怕，给人家带来很多麻烦。人们总是埋怨我们，防着我们。报上也是这样、那样地议论着我们。就说新年吧，"托比伤心地说，"在大多数时候，我能够跟大伙儿一样忍受；比起好多人来，更能忍受一些，因为我壮得像一头狮子，别人可不是这样。不过，要是我们真的没有过新年的权利——要是我们确实碍事儿——"

"哎，爸爸，爸爸！"又传来了那亲切的叫声。

这一回，托比可听见了，他吃了一惊，愣住了。他的目光原来是向着遥远的地方望去的，仿佛真想在新的一年中找到一点启示。这时，他把目光收了回来，才发现他正望着自己的孩子，亲切地看着她的眼睛。

这是一对明亮的眼睛，要看很久很久，才能量出它们的深度。这对乌黑的眼睛映得出旁人望过来的眼睛。它们不是光芒四射的，也不是她有意的，然而射出一种清澈、安详、耿直、坚忍的目光；这目光可以同天堂射下的光芒媲美。这是一对美丽、诚实的眼睛，充满着希望——如此清新、欢乐的希望，那么朝气勃勃、活跃而光明的希望，尽管它们曾阅尽二十年来人间的劳苦和贫困。此时此刻，它们似乎在对托罗蒂·维克说："我想，咱们是有权利在这儿的——有一点儿！"

托罗蒂双手捧着红润的脸颊，吻了吻这对眼睛。

"啊，宝贝，"托罗蒂说，"有什么事吗？今天我没想到你会来的，梅格。"

"我也没想到要上这儿来，爸爸，"姑娘点点头，笑着说，"可是我来了！还不是空手来的，不是空手来的！"

"那你是不是说，"托罗蒂好奇地望着她手里提着一只遮着布的篮子，说道，"你……"

"好爸爸，你闻闻，"梅格说，"只要闻闻就知道了！"

托罗蒂匆匆地想马上揭开盖在提篮上的布。可是她调皮地把手挡了过来。

"不，不，不！"梅格孩子气地说，"再等会儿！让我把角上掀开一点儿，你要知道，就这么——小一点儿。"梅格说着，她的动作恰恰是她所说的那样，轻轻地把布揭开一点儿，她说话声音很轻，生怕给篮子里的东西偷听去似的。"好了！你说，是什么呀？"

托比尽快地在篮子边闻了一下，十分高兴地嚷道：

"哎呀，还是热的！"

"滚烫的呢！"梅格大声地说，"哈哈哈！热得烫手呢！"

"哈哈哈！"托比高兴地大笑着，"热得烫手呢！"

"可这是什么呀，爸爸？"梅格说道，"好了，你还没有猜出是什么！可是你一定得猜。等你猜着了，我才拿出来。别忙！等一会儿，我再掀开一点儿，现在猜吧！"

梅格生怕爸爸一下子猜中，她把篮子刚递到他跟前，马上又收了回来。她一直亲昵地笑着，美丽的肩膀往上一缩，一只手堵耳朵，似乎这样一来就可以不让托比猜出来。

这时，托比双手扶着膝盖，低下头去在提篮的遮布旁深深地吸了口气，在这过程中他那满是皱纹的脸上，渐渐地泛起笑容，仿佛正在吞服一剂笑药似的。

"哎呀！是好吃的！"托比说，"这不是……我想这不会是腊肠吧？"

"不，不不！"梅格高兴地大声说，"根本不是腊肠！"

"不是，"托比又闻了一下，说道，"它……它比腊肠香。真香，而且越闻越香。一定是猪蹄，对吗？"

梅格可乐坏了。简直没有比猜猪蹄更离谱的了——如果不算他刚刚猜的腊肠的话。

"猪肝？"托比自言自语地说，"不，味道比较淡，不像猪肝。猪爪吗？不，不像猪爪那么淡。它又没有鸡头那种筋。我知道，这不是红肠。我告诉你这是什么，是小肠！"

"不，不是！"梅格高兴地嚷了起来，"不，不是！"

"哎呀，我瞎猜些什么呀！"托比说着，突然尽量恢复起直立的姿势，"再待会儿我会把自己的名字都给忘了！是牛肚！"

"就是牛肚！"梅格非常快活地说，再过半分钟他就会说这是炖得最好吃的肚子！

"好吧，"梅格说着，得意扬扬地摆弄着她的篮子，"爸爸，我马上就铺桌布。因为我是把肚子盛在盘子里拿来的，还用一块手绢包着盘子。如果我想摆一下阔气，把它当成桌布铺起来，就叫它桌布，也没有法律能阻止我的，是吗，爸爸？"

"我想是没有的，亲爱的，"托比说道，"可是他们老是在提出左一条右一条的新法律。"

"根据我那天给你读的报纸，爸爸，那个法官说什么，我们穷人应该懂得所有的法律！哈哈！这是多大的错误！老天爷，他们把我们看得太聪明了！"

"是的，亲爱的，"托罗蒂说，"我们这号人当中如果有人真懂得所有的法律，法官们会很喜欢他。这个人也就能从他的差事中捞到不少油水，邻近的那班老爷都会欢迎他的，真是这样！"

"不管是谁，要是有这么香的午饭，吃起来胃口一定是挺好的，"梅格兴致勃勃地说，"快点吧，这里还有一个热土豆，瓶里有刚打的半品脱①啤酒。爸爸，你在哪儿吃？在木墩上，还是在台阶上？亲爱的爸爸，我们多阔气！有两个地方好挑选！"

"今天在台阶上吃，我的宝贝，"托罗蒂说，"晴天在台阶上，雨天在木墩上。在台阶上总要方便一点，可以坐下，不过雨天容易得风湿病。"

"那就在这儿吧，"梅格忙碌了一阵，拍拍手说，"好了，都准备好了！多好看呀！吃吧，爸爸，吃吧！"

托罗蒂自从发现了篮子里的东西以后，便一直心不在焉

---

① 一品脱合 0.5683 升。

地站在那儿望着她，口中也在说着些什么。可是，尽管他想着她，看着她，甚至连提篮里的肚子都顾不得了，但他看着和想着的不是她现在的模样，而是在大致描绘她未来的生活。听到她快活的叫唤时，他正想忧伤地摇摇头，但马上抑制住这种心情，碎步跑到她身边。他刚想俯身坐下，钟声就响了起来。

"阿门！"托罗蒂说着，摘下帽子，仰望着这些钟楼。

"爸爸，你对钟说阿门？"梅格嚷道。

"亲爱的，这钟声就像饭前的祷告，"托罗蒂边说，边坐了下去，"我相信，如果能行的话，它们一定会好好地为我祷告的。它们对我说过许多好话。"

"爸爸，那些大钟会说话吗？"梅格笑着，把盘子和刀叉摆到他面前，"真的吗？"

"我的宝贝，好像是的，"托罗蒂说着，蛮有胃口地吃了起来。"这有什么关系呢？如果我能听见它们的声音，它们说不说，是无关紧要的。上帝保佑你们，亲爱的。"托比用叉子指着钟楼说道，吃着午饭，他情绪更高了。"有多少次我听见那些钟说，'托比·维克，托比·维克，不要灰心，托比！托比·维克，托比·维克，不要灰心，托比！'有一百万次，还不止呢！"

"哎呀，我可从来没有听见过！"梅格嚷道。

实际上她已听过不知多少次了。因为这是托比经常的话题。

"在情况不妙的时候，"托罗蒂说，"我是说，实在糟糕的时候，几乎是最坏的时候，它就说，'托比·维克，托比·维克，活儿快有了，托比！托比·维克，托比·维克，活儿快有了，托比！'就那么说。"

"这么一来，终于有活儿干了，爸爸。"梅格说道，她那快活的声调略略带上了一丝忧伤。

"总是这样的，"托比漫不经心地回答道，"从不落空。"

托罗蒂一边同女儿谈话，一边不停地、大口大口地吃着摆在他面前的香喷喷的食物。他切一块，吃一块，边切边喝，边切边嚼，就这样忙个不停，从牛肚到热土豆，又从热土豆到牛肚，油腻腻地吃得津津有味。可是，这一回，他偶尔抬头望望周围的街道，看看是否有人从门口或窗口招呼脚夫。当他把目光收回来时，看到梅格正坐在他对面，两手交叉着，脸上堆着幸福的微笑，聚精会神地看他吃。

"哎呀！上帝原谅我！"托罗蒂说着，放下了刀叉，"梅格，我的小鸽子，你为什么不说我是个畜生？"

"爸爸，你说些什么呀？"

"我坐在这儿，"托罗蒂懊悔地说道，"又塞又吃的，可你坐在我面前，根本不动手，也不要，而——"

"我已经吃过了，爸爸，"女儿笑着插嘴说，"我已经吃过午饭了。"

"瞎说，"托罗蒂说，"一天有两份午饭，这是不可能的！你还会对我说，会有两个新年同时来临，或者说我生来就长着一个金脑袋，而且从来没有换掉过。"

"你再怎么说，我也是吃过了，爸爸，"梅格说着，把身子往他跟前挨了挨，"你吃着，我来告诉你，我是在哪儿吃的，怎么吃的，你的午饭是怎么来的，还有——还有别的事儿。"

托比还有点不相信。然而，她那双清澈的眼睛凝视着他的脸，她把手搭在他的肩上，劝他趁热吃下去。于是，托罗蒂又拿起刀叉，吃了起来。不过，他吃得比刚才慢多了，还摇摇头，似乎对自己很不满意。

"爸爸，我吃了午饭，"梅格迟疑了一会儿，说道，"是跟理查德一块儿吃的。他午饭吃得早。他来看我的时候把他的午饭带来了，我们——我们就一起吃了，爸爸。"

托罗蒂呷了一口啤酒，咂巴咂巴嘴唇，说了一声："噢！"——因为她在等他的反应。

"理查德说，爸爸——"梅格想说，又停了下来。

"理查德说什么来着，梅格？"托比问。

"爸爸，理查德说——"又停了下来。

"理查德说得真慢呀。"托比说着。

"当时他说，爸爸，"梅格终于抬起眼睛，说了下去，虽然声音有些颤抖，但很清楚，"'一年又要过去了，看来，我们的日子永远也不会比现在好多少。这样一年一年等下去又有什么用呢？'他说，'我们现在很穷，爸爸，将来我们还会很穷的，但我们现在还年轻，光阴却会不知不觉地使我们衰老起来。他说，我们这样的人要等下去，看清楚我们的出路，那这条路将是很狭窄的，通常的出路就是坟墓，爸爸。"

比托罗蒂·维克勇敢的人，一定会鼓足勇气来否认这一点。可是托罗蒂却没有作声。

"爸爸，我们要是就这样衰老死去，老是想着我们本来可以相互帮助，过得更快活一些，那该多痛苦啊！像我们这样相亲相爱的人，一辈子痛苦地分住在两处，眼巴巴地望着对方辛辛苦苦地劳动，人渐渐衰老，头发慢慢变白，这又是多么痛苦呀。就算我能克制一下，把他忘了——这是绝不可能的——唉，亲爱的爸爸，要让我心中现有的满腔热情一点一点地消逝，而没有任何幸福的婚后生活的回忆来支持我、帮助我、安慰我，又该是多么痛苦啊！"

托罗蒂一动不动地坐着。梅格擦擦眼泪，神情舒展了一点，就是说，她时而微笑，时而哭泣，时而连哭带笑地说道：

"所以，理查德说，爸爸，由于他的工作昨天已谈定了，可以维持一个时期，而我又爱他，爱了足足三年了——唉，比那还要长呢，只是他不知道罢了！——所以他要我在元旦那天嫁给他。他说，这是一年中最美好、最幸福的日子，几乎肯定会带来好运气的。这太突然了，是吗，爸爸？——可是我不像大户人家的那些小姐，需要安排家产，做婚纱，爸爸，对吗？他讲了很多话，就像他平时那样，讲得那么热烈，那么诚恳，态度老是那样体贴，和蔼。所以，我说，我来跟你讲一讲，爸爸。加上今天早晨，他们给了我工钱——这确实是很意外的，你又整整一个星期没有吃多少东西，我很想使这一天不仅成为我的幸福美好的日子，也成为你的一个节日，爸爸，所以我就买了点东西来请你吃，让你也意外地高兴一下。"

"可是，你却看着他把它放在台阶上凉着。"另外一个声音说道。

这就是那个理查德的声音。他在他们没有注意的时候来到跟前，站在父女俩前面，低头望着他们。他红光满面，犹如他那粗大的铁锤每天要敲打的烧得通红的铁块。他是一个身材匀称、漂亮和健壮的小伙子，一双眼睛就像熔铁炉中喷出的火花，闪闪发光，鬈曲的黑发稀疏地散在黝黑的额前，还有那满面的笑容，足以证明梅格赞扬他的谈话方式，是有道理的。

"你瞧，他老让东西摆在台阶上凉着！"理查德说道，"梅格不知道他喜欢吃什么。她肯定不知道！"

托罗蒂立刻很兴奋和热情地向理查德伸过手来，就在他急于要同他说话的当儿，大门突然打开，一名马夫险些一脚踩到那盘肚子上。

"滚开，你们这些家伙！你们怎么老坐在我们大门口！你们不能到别家门口去吗？请你们让路，你们到底让不让？"

严格说来，最后的那句问话是多余的，因为他们已经躲到一边去了。

　　"怎么回事儿，怎么回事儿呀！"马夫为之开门的那位绅士说着，从房子里走了出来。他迈着不紧不慢的、介乎散步和漫步之间的一种奇特的步子。一位正在安逸地度过下半生的绅士脚踏咯吱发响的皮靴，身穿干干净净的亚麻布衬衫，系着一根表链，不妨迈着这样的步子走出家门。这不仅不会有损于他的体面，还可表明他要到别处去同一位显要的富翁会面。"怎么回事儿，怎么回事儿？"

　　"你就知道讨饭，跪着做祷告，"马夫厉声地对托罗蒂·维克说，"不准待在我们家门口。你为什么不能离开这儿？你就不能离开这儿吗？"

　　"好了！算了，算了！"绅士说道，"喂，脚夫！"他朝托罗蒂·维克点了点头，"过来，那是什么？你的午饭？"

　　"是的，先生。"托罗蒂说着，把它藏到身后的一个角落里。

　　"别放在那儿，"绅士喊道，"拿过来，拿过来。啊！这是你的午饭，是吗？"

　　"是的，先生。"托罗蒂又说了一声，嘴里尽是口水，眼睛盯着那块肚子，这是他留下的最后一口佳肴。这时，那位绅士正用叉尖翻弄着它。

　　同他一起走出来的还有两位绅士。一个是没精打采的中年男子，形容枯槁，满面忧愁，两只手老是插在他那寒酸的带黑白花点的裤袋里，把肥大的裤子弄得鼓鼓囊囊的，他的衣着刷得也不怎么干净。另一个绅士，个子高大，健康，衣着整洁，穿一件蓝色外衣，上面缀着发亮的纽扣，佩戴着一条白色的领带。这位绅士脸色绯红，似乎他体内的血液过多地涌到了他的头部；也许就是这个原因，他才显得内心相当冷酷。

那位把托比的食物叉起来的绅士，叫住了前面那个名为法勒的绅士。他们两人都走了过去。法勒先生眼睛深度近视，必须把脸贴近托比剩下的午饭，才能看清是什么东西。这下子把托比吓得心都快跳出来了。可是法勒先生并没有吃它。

"这是一种肉食，市政官，"法勒说着，用铅笔套轻轻地碰了碰它，"我国的劳动大众一般都称之为肚子。"

市政官丘特挤了挤眼，笑了一下，他是个有趣的人，是啊，还是一个狡猾的人！他为人精明，干什么事都精明，谁都骗不了他。他对老百姓的心理了如指掌。丘特是了解老百姓的。真的！

"谁在吃肚子？"法勒先生打量着周围的人们，说道，"肚子无疑是我国市场上所能供应的最不经济、最浪费的食物。一磅肚子煮沸以后要比其他任何肉食多损耗五分之一中的八分之七。应该说，肚子比温室里的菠萝还要贵。我认为，如果光凭牲畜死亡统计表中每年牲畜屠宰量统计，并对屠宰质量较好的牲口所能提供的肚子数量作一个较低的估计，那么煮肚子所造成的浪费就可供应五百名驻军吃五个月（每月按三十一天计算），外加一个二月份。浪费呀，浪费！"

托罗蒂站在一边，吓坏了，两腿直哆嗦，仿佛是他本人使五百名驻军挨了饿似的。

"谁在吃肚子？"法勒先生激动地问道，"谁在吃肚子？"

托罗蒂战战兢兢地鞠了一躬。

"你，是你？"法勒先生说，"那我要告诉你，我的朋友。你吃的肚子是从孤儿寡妇口中抢来的。"

"但愿不是这样的，先生。"托罗蒂轻声说，"我宁肯饿死，也不会这样干的。"

"市政官，把上面说的那些肚子，"法勒先生说，"按现有寡妇和孤儿的估计数字分配，每人可得一个本尼威特①肚子。这个人是一点也分不到的。因此，他是个掠夺者。"

托罗蒂感到毛骨悚然。因此，当他眼看那位市政官把剩下的肚子吃掉，他也无所谓了。不管怎样，去掉了一块心病。

"你认为怎样？"市政官诙谐地问那穿蓝色外衣的红脸绅士，"你听见法勒朋友的话了吧。你觉得怎么样？"

"有什么可说的？"那位绅士回答道，"有什么可说的呢？在这种堕落的年代里，有谁会

---

① 重量名，为二十分之一盎司，约合中国四分之一钱。

对这样一个人产生兴趣呢？"他这里指的是托罗蒂。"瞧他，什么东西！唉，美好的过去，杰出的过去，伟大的过去！那时候有勇敢的农民，还有其他一些人。实际上，那才是出人物的时代。现在什么也没有了。唉！"红脸绅士叹息地说，"美好的过去，美好的过去！"

这位绅士并没有说清楚他具体指的是哪些年代。他也没有说明，他之所以对当前这么不满，是不是由于他公正地感到，这个时代产生了像他这样的人物，是没有什么了不起的。

"美好的过去，美好的过去，"这位绅士重复地说，"那时候多好呀！那才是唯一的好时光！谈论什么别的时代或议论当代的人物，都毫无用处。你总不能把这些日子称为好日子吧，能吗？我不能。只要去查一下斯特拉特的服装志，就可以看到，在英国古代任何一个兴旺的朝代，一个脚夫是什么模样的。"

"即使年景再好，这样的人身上也不穿衬衣，脚上也不穿袜子。在整个英国，未必能有他张口可吃的蔬菜，"法勒先生说，"这一点我可以用表格加以证明。"

那位红脸绅士还在一股劲儿地讴歌美好的过去，杰出的过去，伟大的过去。不管别人说什么，他总是反复唠叨那几句话，就像一只可怜的松鼠在转动的笼子里来回旋转，有时要碰一碰笼子里的机关。松鼠对这奥妙的机关，可能同这位红脸绅士对过去太平盛世的理解差不多。

可怜的托罗蒂对过去那些情景依稀的年代，可能还没有完全失掉信仰，因为他此时感到十分茫然。不过，他伤心地看清了一点，就是说，不管这些绅士的看法在细节上有什么分歧，他在那天上午和其他许多日子里的忧虑，是很有根据的。"不，不，我们总是不对头，也不能干什么好事，"托罗蒂绝望地想道，"我们身上没有一点好的地方，我们生来就是坏人呀！"

但是，托罗蒂还有一颗慈父的心，不知怎么回事儿，他竟然违反天意，有了这么一副心肠。他不忍心让梅格在她那短暂的欢乐中听到这班聪明的绅士给她算命。"愿上帝保佑她，"可怜的托罗蒂想着，"过不了多久，她就会知道的。"

因此，托罗蒂焦急地向年轻的铁匠打手势，要他把她带走。可是他正在一旁忙着同她温存地谈话，因此等他发觉托罗蒂的愿望时，市政官丘特也看到了。这时，市政官还没有发表议论呢，他可是个哲学家，就是太讲究实际了点！是啊！他是非常实际的，他不想失去他的任何听众，因此喊道："别走！"

"你们知道，"市政官带着他常有的自以为得意的笑脸，对他的两个朋友说，"我是一个坦率的人，讲实际的人，我要坦率地讲点真实话。这是我的秉性。只要你们了解这种人，而且用他们熟悉的方式跟他们谈话，那么，同他们打交道是没有什么神秘或困难的。好了，你这个脚夫！我的朋友，你总不能对我或任何旁人说，你经常吃不饱，吃不到最好的东西吧，因为我知道得更清楚。你瞧，我尝了你的牛肚，所以你不能'哄'我。你懂得'哄'是什么意思吗，呃？这字用得很恰当，不是吗？哈哈哈！上帝保佑你，"市政官说罢，又转向他的朋友们，"只要你了解这种人，跟他们打交道，倒是世界上最容易的事。"

市政官丘特是老百姓熟知的人物。他从来不对他们发脾气！一位平易、殷勤、有说有笑、懂得人情世故的绅士！

"你知道，我的朋友，"市政官继续说，"有许多人荒谬地谈论什么贫困，就是'穷苦'，是这么说的，对吗？哈哈哈！可是，我打算取缔这种说法。现在流行着许多有关'饥饿'的流言蜚语，我要取缔这种说法。就是这么回事！上帝保佑你。"市政官说完，又转向他的两个朋友，"对这种人你什么都可以取缔，只要你知道从哪儿着手就行。"

托罗蒂拉起梅格的手，挽着她的胳膊。不过，他好像并不知道自己在干什么。

"你的女儿，呃？"市政官说着，亲切地拍拍她的下巴。

这位丘特市政官对工人阶级总是和气的！他知道怎么样使他们高兴，一点架子也没有！

"她母亲在哪儿？"这位大人物问道。

"死了，"托比说，"她母亲是给人浆洗衣服的，一生下这孩子就见上帝去了。"

"我想，她不会是到那儿去浆洗衣服吧！"市政官风

25

趣地说。

托比也许能设想，他的妻子在天堂里还在浆洗衣服，也许不能。不过请问：如果市政官丘特的夫人到了天堂，市政官丘特先生会不会认为她在那里还会有什么身份或地位？

"你在追求她，是吗？"丘特对年轻的铁匠说。

"是的，"理查德立刻回答，因为他对这种问法很恼火，"我们准备元旦结婚。"

"你说什么！"法勒厉声嚷道，"结婚！"

"是啊，我们是这样打算的，先生，"理查德说道，"你瞧，我们想快点把这事儿办了，免得这件事首先给取缔掉。"

"哎哟！"法勒呻吟了一声，喊道，"真把这事取缔了，市政官，那你就办了好事了。结婚！结婚！这些人根本不懂得政治经济学的基本原则，他们没有远见，没有道德，哎呀，真能——你们瞧瞧这一对！"

怎么啦！他们是值得瞧一瞧的。看上去，婚姻是他们需要考虑的一件正当而合理的事情。

"一个人可以活到玛土撒拉①那样的年纪，"法勒先生说，"而且一生一世为这些人的利益操劳，他可以把事实堆在数据上，把事实堆在数据上，不断地把事实堆在数据上，确实可靠的材料堆得像一座山那么高。可是，这都没法使这些人相信，他们根本没有权

---

① 据《圣经·旧约·创世记》第五章记载，玛土撒拉是诺亚洪水时代的族长，享年969岁。

利，也没有必要结婚，就像没法使这些人相信，他们根本没有权利，也没有必要生下来一样。我们知道，他们没有这样的权利。我们早已把它概括成数学的定论了。

市政官丘特听得很有劲儿，他把右手食指压在鼻子边上，似乎在对他的两个朋友说："你们瞧我的！注意瞧瞧我这讲求实际的人吧！"然后他把梅格叫到跟前。

"过来，我的姑娘！"市政官丘特说。

她的那位血气方刚的情人在最后的几分钟内真是怒火中烧。他本想不让她走过去，但克制住了。在梅格走过去时，他也大步跟了过去，站在她身旁。托罗蒂仍然挽着她的手，只是像个梦游者似的，茫然地看看这个人的面孔，又看看那个人的面孔。

"好吧，我给你一个忠告，我的姑娘，"市政官悠闲而亲切地说，"你知道，向你提出忠告是我的责任，因为我是个法官。你知道我是个法官吗？"

梅格胆怯地说："知道。"谁都知道市政官丘特是一个法官！哎呀，他还是个活动能力很强的法官呢！谁不知道丘特是民众心目中光辉的眼中钉呀！

"你们说，你们打算结婚，"市政官接着说，"这对你这个女人来说，是很不体面、很不适宜的事！这个暂且不谈。你结婚以后，会跟你丈夫吵架，成为一个不幸的妻子。也许，你以为不会这样。可是，你一定会成为不幸的妻子的。因为我是这样对你说的。现在我要明确地警告你，我已经决定要取缔不幸的妻子。所以，你不要到我这儿来。你会生孩子，生些男孩儿。这些男孩儿长大起来肯定是不好的，他们会不穿鞋不穿袜，在马路上乱跑。记住，我的年轻的朋友！我将给他们统统定罪，一个也不例外。因为，我已经决定要取缔一切不穿鞋袜的孩子。也许你的丈夫在年轻的时候就会死去——这很有可能，扔下你和一个婴儿。那时，你就会给赶出家门，在马路上流浪。到那时，我亲爱的，你不要走近我，因为我已经决定取缔一切到处流浪的母亲。我已决定要取缔所有年轻的、各种各样的母亲。你甭想拿疾病或孩子当作借口，来向我求情，因为我下决心要取缔所有的病人和孩子——我想你是知道做礼拜的，我担心你不一定知道。如果你不识好歹，产生邪恶和虚伪的念头，想绝望地投河或上吊，我也不会可怜你的，因为我已经决定要取缔一切自杀行为！倘若说，"市政官扬扬得意地微笑着说，"我已下了最大的决心要干一件事，那就是要取缔自杀行为。因此，你不要作这样的尝试。话是这么说的，对吗？哈哈！现在我们相互了解了吧。"

托比看到梅格脸色刷白，松开了她情人的手。这时，他不知道该高兴呢还是该烦恼。

"至于你呢，你这个傻家伙，"市政官更加兴致勃勃地、郑重地转过身去对年轻的铁匠说，"你为什么想结婚？你干吗要结婚，糊涂虫？如果我是你这样年轻、漂亮、身体结实的小伙子，我一定不愿意做一个受女人支配的懦夫！

28

真的，当你还刚刚是中年的时候，她就会变成一个老太婆！那时，你那副模样就好看啦！不管你到哪儿，后面总是跟着一个邋邋遢遢的老婆和一群哭哭啼啼的孩子。"

啊哟，这位市政官丘特是晓得怎么来嘲弄老百姓的！

"好了，你们走吧，"市政官说，"去忏悔吧！不要傻里傻气地在元旦结婚。等不到明年元旦，你就会完全改变主意的。像你这么一个仪表堂堂的年轻小伙子，自有姑娘追求你的！好了，走吧！"

他们走了，没有挽着手臂，没有牵着手，也没有交换一下幸福的眼光。相反，姑娘泪流满面，小伙子愁眉苦脸，垂头丧气。他们还是刚才老托比一见就喜欢的一对情人吗？不，不。市政官——但愿他有福！——把他们给取缔了。

"你刚好在这儿，"市政官对托比说，"给我送一封信去！你走得快吗？你是个老头儿了！"

托比刚才还在呆呆地望着梅格的背影，这时转过身来低声地回答说，他手脚灵便，身体强壮。

"你多大岁数？"市政官问。

"六十多了，先生。"托比说。

"噢！你们看，这个人已经大大超过了平均年龄。"法勒先生大声地插嘴说，他本来似乎还能忍受下去，可是这件事实在太过分了。

"我也晓得，我有些碍事儿，先生，"托比说，"我——

我今儿早晨就担心过这一点，我的天哪！"

市政官打断了他的话，从衣袋里拿出一封信给他。托比本来可以得到一个先令，可是法勒先生明确表示，这样一来，他就会夺去一些人的九个半便士，因此他只拿到了六个便士①，还觉得能拿到这些钱就不差了。

这时，市政官挽起他两个朋友的胳膊，得意扬扬地走了。可是，他马上又单独折回来，好像忘记了什么事似的。

"脚夫！"市政官说。

"先生！"托比说。

"当心你的女儿。她长得太俊了。"

"看来，连她那美貌也都是从别人那里偷来的！"托比想着，凝视着手中的六个便士，心里还想着那块牛肚，"准没错儿，她把五百个太太的美貌都夺过来了。这太可怕了！"

"她长得太俊了，我的朋友，"市政官重复地说，"我看得很清楚，她不会有好下场的。记住我的话，要当心她！"说罢又匆匆走了。

"我们什么都是错的。什么都是错的！"托比两手一拍，说道，"生下来就是坏的。不该活在这世上！"

他正说着，钟声突然在他头上响了起来。声音洪亮轰鸣，可并不使人感到鼓舞，不，一点也不！

"声音变了，"老人边听边说，"一句令

---

① 1英镑为20先令，1先令为12便士。

人舒心的话都不说了。为什么要说呢？不管是新年还是旧年，都跟我无关。让我死去吧！"

这音调已变的钟声，还在嗡嗡地响着，使整个太空都在旋转。取缔他们！取缔他们！美好的过去，美好的过去！事实和数据，事实和数据！取缔他们，取缔他们！如果钟声在说些什么，那么这就是它所说的。最后弄得托比头晕目眩了！

他双手捧住迷乱的脑袋，生怕它裂开来似的。这一动作倒很及时，他发现了手中的那封信。这使他想起了他的职责。他机械地开始了他习以为常的小跑步——跑走了！

托比从市政官丘特手里接过的那封信，是写给城里某大区的一位要人的。那是城里最大的区，肯定是城里最大的区，因为那里的居民通常把这个区称之为"世界"。

托比拿着这封信，觉得确实比其他信件的分量要重。这不是因为市政官在信封上盖了一个大印，还用大量的火漆加封，而是因为收信人的鼎鼎大名和他名下所拥有的巨额财宝。

"跟我们这号人多么不一样啊！"托比瞧着收件人的姓名地址，非常天真地想道，"把屠宰统计表中的新鲜海龟按有购买力的人数分配，他得到的当然就是他应得的那一份儿！至于从别人口中去抢牛肚一类的事，他是不屑于去干的。"

出于对这样一个高贵的人物油然而生的敬意，托比把围裙的一角衬在信封和他的手指之间。

"他的那些孩子，"托罗蒂说着，眼前似乎蒙上了一层迷雾，"他的那些女儿——自有老爷们去取得她们的欢心，同她们结婚；她们会成为幸福的妻子和母亲。她们可能非常漂亮，就像我心爱的梅——梅——"

他无法把这名字说下去。最后那个字母在他喉头膨胀起来，有一张字母表那么大。

"不要紧，"托罗蒂想道，"我知道这是什么意思。这对我来说，已经足够了。"他边跑边这样想着，聊以自慰。

这一天，霜冻很重。空气爽朗、寒冷、清新。冬天的太阳虽然不暖和，却灿烂地照射在它无力融化的冰上，留下闪烁的光辉。要是在别的时候，看到这冬天的太阳，托罗蒂也许会有点穷人的感受，但是现在，他顾不上这些了。

这天，还属于旧的一年。这忍辱负重的一年，经历了诽谤者的谴责和虐待，忠诚地执行了自己的职责。春、夏、秋、冬，艰难地完成了命中注定的一个轮回，现在低垂着疲倦的脑袋，奄奄一息了。这个年本身没有希望，没有高尚的激情和现实的幸福，只是努力给别人带来了许多喜悦。在行将告终的时候，这一年呼吁人们不要忘记它辛勤操劳的时光，能让它平安地逝去。托罗蒂本来可以从这正在消逝的一年中看到一个穷人的命运；但是，此时此刻，他已顾不上去思考这些事情了。

难道只有他是这样吗？也许七十个"年"曾一齐向一个英国工人提出同样的呼吁，而得不到任何反应？

街上异常热闹，店铺装饰一新。人们备好礼物，准备欢庆新年的到来，犹如在期待整个世界的幼小继承者。这里有给新年准备的书籍和玩具，有在新年佩戴的亮晶晶的装饰品，有在新年穿的衣裳，新年中的生财之道；也有为消磨一年时光而设计的新发明。历书和小册子已经把这一年规划妥当，月亮和星星升起的时间和涨潮的钟点都已写得一清二楚，每个季度的日日夜夜都给计算得十分精确，就如同法勒先生统计男女人数一样。

新年，新年！到处洋溢着新年的气氛！人们觉得旧的一年已经逝去，它的遗产正在贱价拍卖，犹如在出卖淹死的水手在船上的遗物。这些货物的式样都是旧年的，没等这一年过完就要大拍卖了。在未出生的继承人的财富面前，这些珍宝只不过是尘土而已。

托罗蒂觉得无论是新的一年还是旧的一年，都没有他的份儿。

"取缔他们！取缔他们！事实和数据，事实和数据！美好的过去，美好的过去！取缔他们，取缔他们！"他的小跑动作只同这种声调相吻合，同其他的任何声调都是格格不入的。

这种声调虽然凄凉，他还是及时跑完了他的路程。下院议员约瑟夫·鲍利爵士的住宅到了。

听差把大门打开。多神气的听差呀！他跟托比根本不同。完全是另外一码事。这才是个道道地地的听差！托比

却不是！^①

这位听差气喘喘地说不出话来。他事先没来得及想一想和定定神，就突然离开了他的座椅，因而喘起气来。但他终于开口说话了——这花了很长时间，因为他头颈很长，喉咙藏在一堆肉下面——他粗声粗气地低声说话。

"谁派你来的？"

托比告诉了他。

"你自己送进去吧，"听差指着大厅那边一条长廊尽头的一间屋子，说道，"在今天这样的日子里，每封信都得直接送进去。你来得正好，马车已经等在门口了。他们是特地到城里来待一两个小时的。"

托比非常仔细地擦了擦已经很干净的双脚，顺着指给他的方向走去。一路走去，他看到这是一座富丽堂皇的住宅，只是到处都有东西遮盖着，看来家人都在乡下。他敲了敲房门，里面有人叫他进去。他走进门去，看到一间宽敞的书房，在堆满纸夹和文件的桌旁，坐着一位神气十足的太太，戴着一顶无边帽。一个身着黑色的衣服，并不怎么神气的男人正在记录她的指示。还有一位年纪大一些的、比太太更神气的老爷，他的帽子和手杖放在桌子上，一只手插在胸前，在那里踱来踱去，时而得意地望望他那张挂在壁炉上方的肖像。那是一幅很长的全身像。

"这是什么？"那位老爷

---

① 这一段原文中的 Porter 一词有听差、脚夫等不同的意义。托比是脚夫。

说，"菲什先生，你能处理一下吗？"

菲什先生表示了一下歉意，从托比手中接过信来，毕恭毕敬地递了上去。

"市政官丘特的信，约瑟夫爵士。"

"就这事儿？你还有别的事儿吗，脚夫？"约瑟夫爵士问道。

托比回答说，没有了。

"有没有什么账单或缴款通知单需要我支付的？不管是什么人的或者是什么形式的。我是鲍利，约瑟夫·鲍利爵士，"约瑟夫爵士说，"要是有的话，就拿来。菲什先生手头有一本支票。我不许可这些事拖到新的一年里去。我这里的每一笔账都要在年终处理完毕。这样，万一死神要——要——"

"割断。"菲什先生提醒说。

"掐断，先生，"约瑟夫爵士非常粗暴地反驳道，"我的生命，我的家业仍将井然有序。"

"我亲爱的约瑟夫爵士！"那位比老爷年轻得多的太太说道，"你说得多可怕啊！"

"我的鲍利太太，"约瑟夫爵士回答道，他结结巴巴地说着，似乎正在发表某种莫测高深的议论，"在一年的这个时刻，我们应该想想——想想——我们自己。我们应该查一下我们的——我们的账目。我们应该看到，在人们交往中如此重要时刻的每一次来临，都可以引起一个人同他的——他的银行之间的重大事件。"

约瑟夫爵士说这些话的神气，似乎是觉得其中充满了哲理，而且希望连托罗蒂也有机会从中得到教益。也许就是为了这个目的，所以他才迟迟不开启信封而让托罗蒂在那儿等一会儿。

"我的太太，你刚才想要菲什先生写——"约瑟夫爵士说。

"我想，菲什先生已经写过了，"他的太太瞅了一眼信件，回答道，"可是，约瑟夫爵士，我还是不能就此罢休，这太贵了。"

"什么东西太贵了？"约瑟夫爵士问道。

"那笔慈善捐款，亲爱的！交上五个英镑，他们只给两票。真可恶！"

"我的鲍利太太，"约瑟夫爵士回答道，"你真使我吃惊。难道丰富的感情能用选票来衡量吗？对一个头脑健全的人来说，这种感情能用申请人的数量以及他们竞选时审慎的头脑来衡量吗？在五十个人中间掌握两票，难道就不能产生最纯洁的激动吗？"

"我承认我不行，"太太回答，"这使人感到厌烦，再说，我也不能去勉强我的朋友。不过，你是穷人的朋友，是吧，约瑟夫爵士？你的想法不一样。"

"我就是穷人的朋友，"约瑟夫爵士说着，瞟了一眼站在一旁的那个穷人，"人们可以嘲笑我这一点，人们也一直在嘲笑我这一点。不过，我不冀求别的头衔。"

"上帝保佑这位好心的老爷！"托罗蒂想。

"譬如，在这一点上我就不同意丘特的看法。"约瑟夫爵士举着那封信说，"我不同意法勒那派人的看法。我不同意任何一派的看法。我的穷人朋友同他们毫无关系，他们也同穷人没有关系。我的穷人朋友，在我的区内，由我管辖。任何人或任何团体都无权干预我的朋友同我之间的关系。这是我的立场。我对我的朋友抱有一种——一种慈父般的感情。我说：'我的好朋友，我要像父亲那样来对待你们。'"

托比非常认真地听着，觉得心里舒坦多了。

"我的好朋友，你们只要——"约瑟夫爵士茫然地望着托比，继续说下去，"你们一生中只要同我打交道就行了。你们不用为任何事操心。我会替你们考虑的，我知道什么事情对你们有好处。我永远是你们的父亲。这是英明的上帝的安排！上帝创造你们时，就不让你们大吃大喝，不让你们像野兽似的只想吃。"托比懊丧地想起了那副牛肚。"他要你们感到劳动的高尚。清晨空气清新，你们要一早起床，以后就——就别再睡了。要艰苦而勤俭地生活，要尊重别人，锻炼忘我的性格，要让你们家属几乎不吃什么东西就能活下去，要像时钟一样准时交纳房租。买卖要规矩。我给你们树立了一个好榜样。你们可以看到，任何时候，我的秘书菲什先生面前总有一个现金箱。你们应该相信我是你们的朋友和父亲。"

"真是一些好孩子，约瑟夫爵士！" 太太厌恶地说，"风湿症、高烧、罗圈腿、气喘，还有各种各样可怕的疾病！"

"我的太太，" 约瑟夫爵士庄严地回答，"纵然如此，我还是穷人的朋友和父亲。他们照样能得到我的鼓励。每个季度，他们要同菲什先生打一次交道。每年元旦，我和我的朋友们要为他们的健康干杯。一年一度，我和我的朋友要怀着深厚的感情向他们讲一次话。他们一生中，还可能在大庭广众和上等人面前，从一个朋友那里得到一点小礼物。当这些鼓励和高尚的劳动再也不能支持他们的时候，他们就走向舒适的坟墓，那时，我的太太，" 说到这儿，约瑟夫爵士擤了一下鼻涕，"我将在同样的条件下成为他们子孙的朋友和父亲。"

托比听了十分感动。

"哎哟！你的那家人真知道感恩呢，约瑟夫爵士！" 他妻子大声说。

"我的太太，" 约瑟夫爵士威严地说，"人们都知道，忘恩负义就是那个阶级的罪过。我可不想得到什么别的报答。"

"喔哟！我们生来就是坏人！" 托比想道，"已经改变不了啦！"

"凡是人能做到的，我都要做到，" 约瑟夫爵士继续说，"作为穷人的朋友和父亲，我要负起责任。我尽力用那个阶级所需要的大道理去开导他们。这就是要他们完全依赖我，他们根本不用管自己。倘若别有用心的坏人对他们说些不三不四的话，使他们变得烦躁不安，行动上不肯俯首帖耳，还要昧着良心忘恩负义——肯定会这样的——那时我仍然是他们的朋友和父亲。这是命中注定的。这是事物的本质。"

他怀着这种神圣的感情，拆开市政官的来信，看了起来。

"礼貌很周到，真的！"约瑟夫爵士大声说，"我的太太，市政官非常客气地谈起，他'非常荣幸地'——他是位品德高尚的人——在我们共同的朋友、银行家迪德尔斯那里见过我，他友好地问我，是不是同意取缔威尔·弗恩。"

"太好了！"那位鲍利太太回答道，"这是那帮人当中最坏的家伙！我想，他大概是抢了别人的东西吧？"

"嗯，不，"约瑟夫爵士看了看信，说道，"不完全是这样，差不多，但不完全是这样。好像他是来伦敦找工作的。想改善一下他的处境——这是他说的。人们发现他夜里睡在屋檐下，便把他抓到拘留所，第二天早晨就带到市政官那里去了。市政官说，他决定要取缔这一类事情。这是很恰当的。如果我同意取缔威尔·弗恩的话，他很愿意从这个人下手。"

"不管怎么样，就拿他来示众吧！"太太回答说，"去年冬天，我在一个村子里向男人和孩子们介绍一种可以在晚上干的好活计——剪花边和穿眼，还编了几句词儿：

> 啊，热爱我们的职业吧，
>
> 上帝保估老爷和他们的亲戚；
>
> 我们每天按定量吃饭，
>
> 永远记住我们的身份。

还为这些词谱了曲，让他们边干边唱；就是这个弗恩，我现在还记得他，把帽子一掀，说：'我的太太，请你原谅，不过我是不是跟一个大姑娘有点不同呀？'当然，我早就料到这一点。除了傲慢无礼和忘恩负义，谁能指望从这个阶级得到什么别的东西呢！不过，话又扯远了。约瑟夫爵士，就拿他来示众吧！"

"嗯！"约瑟夫爵士咳嗽了一声，"菲什先生，请你注意——"

菲什先生立刻拿起笔，按约瑟夫爵士的口授写道：

"密件。亲爱的先生，我十分感激您在威廉·弗恩问题上对我表示的尊重。我很遗憾，我不能为此人说任何好话。我一贯认为我是他的朋友和父亲，可得到的报答却是忘恩负义和对我的计划表示不断的反抗——我很伤心地指出，事情往往如此。他是个兴风作浪的反叛分子。他的人品经不起审查，没有什么能使他在可以高兴的时候感到愉快。根据这一情况，我觉得，我认为，当他再一次出现在您面前的时候（您说过，他答应明天去您那里接受您的审问，我想他一定会去的），就把他当作流浪汉拘留一个短暂时期，这将是对社会的一个贡献，而且在一国之内，也将是一个有益的警诫。因为无论对穷人的朋友和父亲来说（尽管舆论对他们的评价不同），还是对那一般说来误入歧途的阶级来说，警诫都是非常重要的。鄙人——"如此等等。

约瑟夫爵士在信上签了字，菲什先生把信封了起来。这时，爵士说："看来，真是命中注定！真的！在这一年终结的时候，连我同威廉·弗恩之间的账，也结算清楚了！"

托罗蒂早已大失所望，情绪十分低沉。他忧郁地走上前去接信。

"请转达我的问候和谢意，"约瑟夫爵士说，"别走！"

"别走！"菲什先生应声说。

"你也许听到了，"约瑟夫爵士煞有介事地说，"我就当前面临的庄严时刻，我们有责任处理自身事务，以及必须做好一切准备等问题，提出了我的看法。你已经看到，我并没有倚仗我优越的社会地位，相反，菲什先生——就是那一位！——手头总有一本支票，这实际上就使我可以翻过崭新的一页，无债一身轻地进入我们面前的新时代。现在，我的朋友，你能问心无愧地说，你已经为新的一年做好准备了吗？"

"先生，我想，"托罗蒂驯良地望着他，结结巴巴地说，"我——有——有些应付不了。"

"应付不了！"约瑟夫·鲍利爵士一字一顿地重复着。

"先生，我想，"托罗蒂支支吾吾地说，"我还欠奇肯斯托克太太十个或者十二个先令。"

"欠奇肯斯托克太太！"约瑟夫爵士仍然用刚才那种声调说道。

"那是一家商店，先生，"托比说，"一爿杂货店。另外还欠——欠了一点房租。很少一点，先生。我知道是不应该欠的，不过，我们手头非常困难，真的！"

约瑟夫爵士挨个地来回看看他的太太、菲什先生和托罗蒂两眼，然后两手一摊，做了一个懊丧的动作，似乎他对此事毫无办法。

"这种人确实眼光短浅、不务实际。但是他们当中居然有这样的老人。一个头发花白的老人，居然能这样来迎接新年！他晚上怎么能上床，早晨又怎么能起来呢——好了！"他转过身去，背冲着托罗蒂说，"把信拿去！把信拿去！"

"我可不愿意欠债呀，先生，"托罗蒂说，他很想为自己开脱一下，"我们的日子很难过。"

约瑟夫爵士还在说："把信拿去，把信拿去！"菲什先生不仅重复着这两句话，为了加强语气，他还打了个手势，赶他出去。他没办法，只好鞠了个躬，退了出去。在街上，可怜的托罗蒂拉下破帽来遮盖他忧伤的面容，他感到对新的一年毫无信心，到处都没有他的立足之地。

当他回到老教堂跟前的时候，他甚至没有掀起帽子抬头望一眼钟楼。他习惯性地在那儿停了一会儿。他知道，天色渐渐暗下来了，尖塔模糊地矗立在暮色苍茫的上空。他也知道，钟声马上就要响了。往日，在这样的时刻，他总觉得，这钟声是从云端飞过来的。但是，这时他却只想赶快去递交那封给市政官的信，并且在钟声响起来以前离开这里；因为他怕听到钟声除了上次那些叠句外又要加上什么"朋友和父亲，朋友和父亲"！

因此，托比尽快地完成了他的差使，小步跑着回家去了。在马路上，他那种跑步的样子看上去至少是非常奇怪的。再加上他戴的帽子也一点不能减轻他那副不寻常的模样。不知是由于他的步伐还是由于帽子的缘故，他一下子就撞在一个人身上，跌跌撞撞地被撞到马路当中去了。

"对不起，实在对不起！"托罗蒂慌慌张张地举了举帽子说道，他的头发给夹在帽子和破帽衬当中，弄得脑袋像个蜂窝似的，"我想没有碰痛你吧！"

要说碰痛别人，托比可不是那样的大力士，倒是他可能被人碰痛了。实际上是他像一只毽子似的给抛到马路中间去了。然而，他还自以为力气很大，确实担心碰着了对方，因此他又问了一声：

"我想我没碰痛你吧？"

他撞着的那人，乡下打扮，黑黝黝的脸膛儿，很结实，满腮胡碴，鬓发已经花白了。这人望了他一眼，似乎怀疑他在开玩笑。但看到他那副真心诚意的模样，就回答道：

"不，朋友，你没有碰痛我。"

"我想，也没有碰痛孩子吧？"托罗蒂说。

"也没有碰痛孩子，"那人回答道，"谢谢你。"

他说着，瞅了瞅怀中熟睡的小女孩儿，然后用围在他脖子上的那块长长的破围巾的一角遮在孩子脸上，慢慢地向前走去。

他那"谢谢你"的声音深深打动了托罗蒂的心弦。这个人看上去非常疲乏，风尘仆仆，脚也走酸了。他孤独而陌生地环视着四周。他觉得能够对别人表示一下谢意，就是一种安慰，也不计较是否值得一谢。托比站在他身后看他拖着沉重的步伐向前走去，孩子的小手搂着他的脖子。

托罗蒂站在那儿凝望着那穿着破鞋子——破得不成样的鞋子，扎着粗皮绑腿，身穿普通工作服，头戴宽边帽的身影，望着那双搂着那身影脖子的小手，街上的一切他都看不见了。

那位行人在被黑暗吞没之前，站住了。他向四周张望着，看见托罗蒂仍然伫立在那儿，似乎犹豫了一下，是回来呢，还是继续向前走。他来回走了几步以后，就往回走了。托罗蒂也跑了一段路迎上去。

"也许，你能告诉我，"这人微笑着说，"我相信，你要是知道的话，一定会告诉我的。我看问别人还不如问你：市政官丘特住在哪里？"

"就在附近，"托比回答道，"我很愿意带你去。"

"我本来应该明天到另一个地方去见他的，"这人跟在托比身后，说道，"可是我遭到人们的怀疑，心中很着急，想去说说清楚，好放我去寻碗饭吃——我还不知道到哪里去寻呢。所以，我今儿晚上到他家去，他也许能原谅我的。"

"你不会就是弗恩吧？"托比惊呼道。

"啊！"那人说着，惊异地向他转过身去。

"弗恩！威尔·弗恩！"托罗蒂说。

"我是叫这名字。"那人回答道。

"哎呀，"托罗蒂说着，抓住了他的胳膊，小心地向四周望了一眼，"你可千万别上他那儿去呀！别上他那儿去！他一定会取缔你的。来，咱们走这条路，让我告诉你是怎么回事。你可不能上他那儿去！"

他的这位新朋友以为他发疯了，不过还是跟在他后面。待到人们看不见他们的时候，托罗蒂把自己所了解的情况告诉了他，还说人家在怎样议论他，等等。

这位故事中的主人公十分安详地听着，这使托罗蒂感到惊奇。他一次也没有反驳或插话，还不时点头。看上去，他是在证实一个听厌了的故事，而并不是表示不以为然。有一两次他把帽子往后推一推，用一只满是斑点的手摸摸前额——他过去在地里犁过的每一条沟似乎都在额头上留下了一道小小的痕迹。仅此而已！

"总的来说，是这样的！"他说，"老师傅，有的地方，我看有些出入。不过，随他去吧！这有什么关系呢？不幸的是我违反了他的计划。我不能这样干。明天我还得这样干。说到品行嘛，那班老爷琢磨了又琢磨，打听了又打听，要我们身上一点小缺点也没有，才肯干巴巴地说我们一句好话！——好了！但愿他们不像我们这样容易失去人家的好评，要不然，他们的生活实在太拘束了，简直不值得活下去。说到我自己，老师傅，我从来没有用这只手，"说着他举起了手，"去拿不是我的东西。我也从来没有在劳动中缩过手，不管活儿有多艰苦、工钱多么少。谁要是能驳倒这一点，那就让他把我的手砍掉吧！可是，劳动不能让我过上人一样的生活，日子过得这样苦，连饭也吃不饱！不管是在外面还是在家里。我看到咱们一辈子的劳动生活就这样开始，这样过下去，这样结束。没有前途，也没有变化。于是，我就对那班老爷说：'请你们走开吧！别上我家来。我的家门已经够晦气的了，不用你们再来抹黑。要是遇到生日、动人的演说，或随便什么事，也甭来找我到公园里去给你们跑龙套了！你们演你们的戏，我不参加，你们自由自在地去演出，去享受吧。我们之间毫无关系。最好是别来管我！'"

看到怀中的孩子睁开眼睛、惊讶地张望着，他就停住了话头，凑近她耳边说了一两句逗她的话，然后把她放在他身边的地上。孩子偎依在他沾满灰尘的腿旁。他就一面慢慢地把她一束长长的鬈发缠在他那粗糙的大拇指上，像

47

戴上一枚戒指似的，一面对托罗蒂说：

"我相信，我不是天性乖戾的人，我也觉得我是很容易满足的。我对他们当中任何人都没有恶意。我只希望像上帝创造的人那样生活。不行，我过不上这样的生活——因此，我同那些能够过这样生活的人之间有了一道鸿沟。像我这样的人有的是！你可以找到成千上万，而绝不是几个！"

托罗蒂知道他说的是实话，因此点头表示同意。

"这么一来，我就得到一个坏名声，"弗恩说道，"恐怕我的名声不会好起来了。在这里，感到不称心是不合法的。可是，我就是不称心。虽然上帝知道，倘若有可能，我是多么想高兴高兴呀。嗯！我觉得，市政官要把我关进监狱，我倒无所谓。不过，没有朋友替我说话，他是干得出来的。还有你瞧——"他用手指朝下指了指那个孩子。

"她的小脸蛋真漂亮。"托罗蒂说。

"的确不差！"他低声回答着，双手轻轻地把那个小脸蛋转过来，对着他自己的脸，端详着，"我是这么想的，想过好多次了。每当我的火炉冰冷，食柜空荡荡的时候，我就这么想。昨天晚上，他们把我们俩当小偷抓去的时候，我也这么想。但是他们——他们总不该老跟这张小脸蛋过不去呀！该吗，莉莲？这对一个人也太不公平了吧！"

他的嗓门压得低低的，用十分严肃而古怪的神气望着她。托比为了转移他的思想，便问起他妻子是否还活着。

"我从来没有娶过妻子，"他摇摇头回答说，"这是我兄弟的孩子，一个孤儿。她九岁了，你大概想不到吧，不过她现在是累坏了。本来，离我们家二十八英里的那个济贫院可以照管她，把她放在一间空荡荡的屋子里（就像我父亲不能干活以后，他们对待他那样。不过我父亲没有麻烦他们多久）。可是我把她领走了，从那以后她就一直和我在一起。她母亲有过一个朋友，就在这里，在伦敦。我们正在设法寻找她，顺便也找找工作。可是这地方很大。不过不要紧，供咱们散步的地方也就大了，对吗，莉莲！"

他苦笑地望着孩子的眼睛，这笑容比泪水更使托比感动，他握了握托比的手。

"我连你的名字都不知道，"他说，"可是我坦率地向你说了心里话，因为我很感谢你。应该这样。我听从你的劝告，躲开这个——"

"法官。"托比提醒说。

"啊！"他说，"人们是这么称呼他的吧？这个法官。明天我要到伦敦郊区的什么地方去碰碰运气。晚安！祝你新年快乐！"

"别走！"托罗蒂叫道，在那个人松手以后他马上又抓住了它，"别走！要是我们就这样分手，这个新年我是怎么也过不好的。要是我看着你和孩子这样流浪，没有地方去，没有一个安身的地方，这个新年对我来说，怎么也不会是快乐的。到我家去吧！我是个穷人，住在破屋里。

49

可是我能让你们住一夜，住得下的。到我家去！来！我来抱她！"托罗蒂说着把孩子抱了起来，"多漂亮的孩子！我抱上比她重二十倍的孩子，也不会有什么感觉的。要是你嫌我走得太快，你就说。我走起来是挺快的。我老是这样！"托罗蒂说是这么说，可是他得小跑六步左右才顶得上他那疲倦的同伴跨上一步。何况他还抱着孩子，两条细腿给压得直哆嗦。

"咳！她没有多重，"托罗蒂说道，他说话的样子就同他走路一样，老像在小跑步似的，他不愿意别人对他表示感谢，所以一刻也不肯停嘴，"轻得像一根羽毛。比一根孔雀毛还轻——轻多了。咱们到了，再往前走！到头一个拐角往右转。威尔叔叔，走过给水站，就沿着酒馆对面的那条道儿一直往左走。咱们到了，再往前走！过马路，威尔叔叔，当心拐角上那个卖馅饼的人！咱们到了，再往前走，走过皇家马房，威尔叔叔，到一家木牌上写着'托·维克，领有执照的脚夫'的黑门前停下，咱们到了，再往前走，咱们真走到了。我的宝贝梅格，你没想到吧！"

托罗蒂说着，气喘吁吁地把孩子放在地板中央，他女儿的面前。小客人朝梅格望了一眼，对她一点也没有疑惧，很信任在她脸上看到的神态，朝她怀里扑了过去。

"咱们到了，再往前走！"托罗蒂在房间里边跑边说，显然有点上气不接下气，"来，威尔叔叔，这儿有火，你瞧！你怎么不来暖和暖和？噢，我们到了，再往前走！梅格，我的好宝贝，水壶在哪儿？噢，在这里呀，一放上去，水马上就开！"

托罗蒂在屋里跑来跑去的时候，不知从哪儿真找来了水壶，并把它放在炉子上。这时梅格让孩子坐在暖和的屋角，自己跪在她跟前的地板上，给她脱鞋，用布擦着她潮湿的双脚。啊！梅格也在笑托罗蒂，她笑得那么高兴，那么开心，托罗蒂真想就在她跪着的地方祝福她，因为他们进来的时候，他看见她正满脸泪痕地坐在火炉旁。

"哎呀，爸爸！"梅格说，"我看，今天晚上你真高兴得发疯了。我不知道那些钟会说些什么。这双可怜的小脚丫，多凉啊！"

"噢，现在暖和一些了！"孩子说，"已经很暖和了！"

"不，不，不，"梅格说，"咱们擦得还很不够！我们这么忙，这么忙！擦好了脚还得把湿头发弄干，完了咱们还要打点清水来把这张可怜的、苍白的小脸蛋擦擦红。弄完以后，咱们就会非常高兴、轻快和幸福——"

孩子突然抽泣了一声，搂住了她的脖子，用小手抚摸着她美丽的脸庞，说道："噢，梅格！噢，亲爱的梅格！"

托比的祝福也不会比这话更加美好。谁还能说得比这更好呢！

"我说，爸爸！"过了一会儿梅格喊道。

"我到了，再往前走。我的好孩子！"托罗蒂说。

"我的天呀！"梅格说，"他疯了！他把这孩子的帽子

51

放在水壶上，把壶盖倒挂在门背后了！"

"我糊涂了，我的宝贝，"托罗蒂说着，马上给换了过来，"梅格，我的好孩子！"

梅格朝他望了一眼，看他故意坐在男客人的椅子背后，拿着他刚赚到的六个便士在做一些神秘的手势。

"我的好孩子，"托罗蒂说，"我上来的时候看见楼梯上放着半盎司茶叶，我想一定还会有点熏肉。我可记不清究竟在什么地方了，我得亲自去找一找。"

通过这种巧妙的办法，托比出去用现钱到奇肯斯托克太太的小店里买了他说的那些食品。他马上就折回来了，假装说起初他在暗中没找着。

"最后总算找着了，"托罗蒂边说，边摆上了茶具，"一点也不错！我就知道是茶叶和咸肉片。就是这些。梅格，我的宝贝，你要是能在你不争气的爸爸烤肉的时候，煮点茶，那我们马上就可以把饭做好！这是很怪的，"托罗蒂一面用烤肉叉烤肉，一面说，"怪是怪，可是我的朋友都知道，我从来不喜欢吃咸肉，也不爱喝茶。我可喜欢看别人吃这些玩意儿，"托罗蒂大声说着，想给他的客人留下深刻的印象，"不过我真不喜欢吃这些东西。"

可是，托罗蒂好像很喜欢闻烤得咝咝作响的肉片散发出的香味。他把开水冲进茶壶时，亲切地看看深深的壶底，让香喷喷的水蒸气萦绕在他鼻子周围，头脸都埋在浓雾之中。尽管如此，他还是不吃不喝，只是在刚开始的时候吃了一小片肉做做样子。看上去他吃得很鲜美。可是他却说他根本不喜欢吃。

托罗蒂没有吃。他只是看着威尔·弗恩和莉莲吃喝。梅格也是这样。在市政厅宴会或皇家宴会上，人们也从来没见过有人这么高兴地看着别人吃东西。无论是君主，还是教皇，都不像他们父女俩那天晚上看得那么出神。梅格朝托罗蒂笑笑，托罗蒂朝梅格哈哈大笑。梅格摇摇头，假装要拍手为托罗蒂叫好。托罗蒂做着莫名其妙的手势告诉梅格，他是在什么时候，什么地方和怎样碰到他们的客人的。他们感到很快活，很幸福。

"不过，"托罗蒂看着梅格的脸色，懊丧地想着，"那件婚事看来是吹了！"

"现在，听我说，"等他们喝完茶之后，托罗蒂说道，"我知道，这孩子是想同梅格一块儿睡的。"

"同好梅格一块儿睡！"孩子抚摸着梅格，叫嚷着，"同梅格一块儿睡！"

"这就对了，"托罗蒂说，"我想，她一定会亲亲梅格的爸爸，对吗？我是梅格的爸爸。"

孩子胆怯地走到他跟前，亲了他一下，又扑到梅格的怀里。托罗蒂可高兴极了。

"她跟所罗门①一样通情达理，"托罗蒂说，"咱们到了，咱们——

不，咱们不——

---

① 所罗门，公元前10世纪以色列王国的国王，以贤明著称。

我不是说——我——我在说什么？梅格，我的宝贝！"

梅格瞅了他们的客人一眼，他正靠在她的椅子上，把脸转向一边，抚摩着偎在她膝旁的孩子的脑袋。

"当然喽，"托比说，"真的！我不知道我今儿晚上在唠叨些什么。看来，我的脑子有些糊涂了。威尔·弗恩，你跟我来，你累坏了，由于缺乏休息你都累垮了。你跟我来！"

客人还在抚摸孩子的鬈发，他还是靠在梅格的椅子上，脸朝着旁边望去。他没吭声，但是他那粗糙的手指在抚弄孩子的漂亮头发时，忽而捏紧，忽而松开，充分说明了他当时的心情。

"是的，是的，"托罗蒂看出他女儿的神情，下意识地答复着，"梅格，你把她抱走吧！让她去睡觉！好了，威尔，现在我引你去看看你睡觉的地方。地方不好，是个阁楼，不过，我总是说，住在马房里有个阁楼是挺方便的。在这马房找到更好的房客以前，我们住在这里很省钱。上面还有许多香喷喷的稻草，稻草是邻居家的，非常干净，梅格挺会铺。高兴点！别难过！过新年总该打起精神来！"

那只手松开了孩子的头发，战战兢兢地伸到托罗蒂的手里。这样，托罗蒂就不停地说着话，慢慢地、关心地把他引出去，似乎他也成了一个小孩儿。

托罗蒂回来时经过梅格房前。他在她的小卧室门外听了一会儿，这卧室就在隔壁。孩子正在做睡前简单的祷告。

她念到了梅格的名字，又说"好、好——"托罗蒂听见她停下来问托比的名字。

可怜的老人过了一会儿才平静下来。他捅了捅火炉，把椅子拖到暖和的火炉跟前。他把椅子摆好、灯芯剪亮以后，从口袋里拿出那张报纸，看了起来。起初，他有点儿漫不经心，上下乱挑着看，但一会儿就一本正经地、伤心地、认真地看了起来。

这可恶的报纸又把托罗蒂的思想带回到当天的事件所决定并引出的思路上去了。他对两个流浪者的关心，一度把他的思想暂时引上了另一条道路，一条比较愉快的道路。可是，当他又孤零零地一人看着有关人们犯罪的暴虐行为的报道时，他又回到老路上去了。

在这种情绪之下，他读到一则新闻（他已不是第一次看到这样的新闻了），说一个妇女，不但自己绝望地寻了短见，还弄死了她的小孩子。这罪行太可怕了，使他不能容忍，因为他内心充满了对梅格的爱。他把手松开了，报纸落到地上，然后骇然地仰靠到椅子背上。

"真是伤天害理，残忍透顶！"托比叫了起来，"伤天害理，残忍透顶！只有本性很坏、生来就是坏蛋、不该活在世界上的人，才干得出这样的事情。我今天听到的一切是太真实、太公正、证据太确凿了。我们是坏人！"

钟声突然接过话来，响得这么高昂、清晰、洪亮，仿佛这钟声就在他坐的椅子旁响起来似的。

钟声在说些什么呀？

"托比·维克，托比·维克，我们在等着你，托比！托比·维克，托比·维克，我们在等着你，托比！来看看我们吧，来看看我们，把他拖到我们这里来，拖到我们这里来！追上，追上他，追上，追上他！弄醒他，弄醒他！托比·维克，托比·维克，门开着呢，托比！托比·维克，托比·维克，门开着呢，托比——"然后又是一阵猛烈的钟声，连墙上的灰泥和砖头都发出了回响。

托比听着。这是一种幻觉，幻觉！难道是因为他这天下午不愿意听见钟声而感到内疚的缘故吗？不，不！不是这么回事儿。钟声一次又一次，接连十几次地说："追上，追上他！追上，追上他！把他拖到我们这里来，拖到我们这里来！"这钟声使全城都感到震耳欲聋！

"梅格，"托罗蒂敲敲她的门，轻声说道，"你听见什么没有？"

"我听见钟声了，爸爸。今天晚上这钟声真响呀！"

"她睡着了吗？"托比找了个借口朝里张望了一下。

"睡得又香又甜！可是我还不能离开她，爸爸。瞧她把我的手攥得多紧！"

"梅格，"托罗蒂悄悄地说，"你听那钟声！"

她听着，脸一直向着他。可是，脸上的表情没有什么变化。她没听懂。

托罗蒂退了出去，又坐到火炉旁的椅子上，独自听了一遍钟声。他这样待了一会儿。

简直受不了，这钟声太可怕了。

"要是钟楼的门确实开着，"托比说着，匆忙解下围腰布，可是根本没想到他的帽子，"我不是可以到塔顶上去看个明白吗？要是门关着，我也就没有什么别的想法了，那就算了。"

他悄悄地溜到马路上去了。这时，他确信，待他走到那里时，钟楼的门一定是关着的，而且还上了锁。因为他很熟悉这扇门，很少看见它打开过。他看见那门开着的时候总共也不超过三次。那是一扇矮小的拱门，就在教堂外一个圆柱后面的阴暗角落里。铁铰链很粗，锁又那么大，仿佛只有铰链和锁，而没有门似的。

当他光着脑袋，来到教堂跟前，伸手到那黑暗的角落里去时，还有点担心，怕突然会碰到什么东西，所以战战兢兢地准备随时把手抽回来。可是他却惊异地发现，那扇往外开的门确实是敞着的。

他起初吓了一跳，想往回走，想去找一盏灯或者一个伙伴。但他马上又鼓起勇气，决定独自一个人上去。

"我怕什么呢？"托罗蒂说，"这是个教堂！再说敲钟人可能就在那里，是他们忘了关门。"

于是，他走了进去，一面走，一面像盲人似的摸索着。这里漆黑一片，静悄悄的，钟声已经停止。

马路上的灰尘给吹到这角落里，堆积起来。脚踩上去，软绵绵的，就跟踩在丝绒上一样。光是这点，就够吓人的。狭窄的楼梯离门很近，他一进去就给绊了一下。他用脚把门一踢，想把门关上，那门沉重地反弹过去，就再也打不开了。

不过，这是他不得不继续往前走的又一个原因。托罗蒂两手摸索着往前走去。往上，往上，再往上。他拐了一个弯又一个弯。往上，再往上，越来越高，越来越高，越来越往上！

楼梯又长又窄，边摸索边走，感到挺不方便。他摸索着的手老是碰到什么东西，令人觉得像是一个人或者一个幽灵，挺立在那里给他让路，又不让他发现。他觉得浑身都在打寒战，他真想沿着光溜溜的墙壁往上摸，去找他的脸，往下摸，去找他的脚。有两三次，在光溜溜的墙壁上突然出现一扇门或一个壁龛，开口似乎有整个教堂那么大，他就像站在深渊边上马上要一个倒栽葱摔下去似的。等他又摸到墙壁时，这才松了一口气。

继续往上，往上，往上；他拐了一个弯又一个弯。还是往上，往上，往上，越来越高，越来越高，越来越往上！

沉闷而令人窒息的空气终于清新起来。忽然，他感到风飕飕的。狂风吹来，顿时使人站也站不住。但他走到钟楼的一扇齐胸的拱形窗前，牢牢抓住窗框，望着下面的屋脊、烟囱、灯光集聚的地方——他望着梅格所在的地方，她不知道他上哪儿去了，可能正在叫他呢——一切都交织在烟雾沉沉的黑夜之中。

这就是敲钟人常来的钟楼。他抓住了从橡木屋顶的裂缝中吊下来的一根快要断掉的绳子。起初，他吓了一跳，以为这是头发。后来，他又担心会吵醒那沉睡的铜钟，便浑身颤抖起来。铜钟还在上面。托罗蒂神魂颠倒，着迷似的又摸索着往高处爬去。这回他是顺着梯子爬上去的，爬起来很吃力，因为梯子很陡，而且踩上去感到不大稳当。

往上，往上，往上！爬呀，爬呀！往上，往上，往上！越来越高，越来越高，越来越往上！

他一直爬过楼板，待到头部露出房梁，这才停下来。这时，他才算来到了铜钟之间。在昏暗中几乎看不清它们庞大的身躯，但是，它们都挂在这儿，模模糊糊的，黑沉沉的，一声不响。

他一爬进这四面通风的石头和金属窝中，一种可怕的孤独而沉重的心情立即向他袭来。他感到头昏目眩。他听了一会儿，然后拼命地喊了一声"喂！"

"喂！"这悲怆的呼声在空中回荡！

托比感到天旋地转，不知所措，吓得气也透不过来。他茫然地环视了一下四周，晕倒了。

　　平静的思想初次涌起的波澜，打破了静寂，这时乌云集聚，深沉的海洋掀起了狂风巨浪。一些不可思议的、粗野的，不成熟和不完全成形的怪物都跑了出来。不同事物的某些部位和某些形状偶然联结并融合在一起。但是这些东西在什么时候、通过什么途径和经过哪些奇怪的步骤互相游离，思维的每一个器官和零件又是如何恢复原状和重新正常活动——对这一切，没有一个人能说得清楚，尽管每人每天都会遇到这魔术一般的极其奇妙的现象！

　　因此，漆黑的尖塔是什么时候、怎样从黑暗变成光明，寂静的钟楼上在什么时候和怎么会挤满无数人群，在托罗蒂睡梦还是昏厥时老在他耳边低语的"追上，追上他"的声音，什么时候又是怎么会变成托罗蒂醒过来时耳边的"吵醒他"的声音，他在什么时候和怎么会失去那种懒洋洋的模糊的感觉，似乎有些事发生过，许多事又没有发生过；没有材料，也没有办法能说清楚。但是，当他醒过来，站在他不久前躺过的那个地方时，他看见了一幅群魔乱舞的景象。

他看见，在这座他着魔的脚步把他引到的钟楼上，到处都是矮小的妖怪、幽灵和淘气的小铜钟。他看见，它们跳着、上下飞舞，不断地从铜钟里钻出来。他看见，它们时而待在他身边的地上，时而在他头顶上盘旋。有的沿着下面的绳索从他身边爬下去，有的从那铁皮包着的大梁上往下瞅着他，有的从墙上的裂缝和小窟窿里偷看他，有的波浪式地从他身边荡漾开去，仿佛水面的波纹为突然落进水中的大石头让道一样。他发现，它们的模样各不相同。有的丑陋，有的漂亮，有的瘸腿，有的风雅。他发现，它们有的年轻，有的年老，有的善良，有的凶狠，有的快乐，有的抑郁。他看它们跳舞，听它们唱歌，看它们扯自己的头发，听它们号叫。他发现它们布满空中。他看见它们不断来往穿梭。他看见它们一会儿往下冲去，一会儿往上飞奔；一忽儿飘向远方，一忽儿又停在他附近。这一切都非常活跃，坐立不安。对他来说，石头、石板和砖瓦都变成了透明的，就同对它们一样。他看见，它们在屋里熟睡的人们床边忙碌；他看见，它们在安抚睡梦中的人们；他看见，它们用带结的鞭子抽打他们；他看见，它们在人们的耳边大叫大嚷；他看见，它们在人们的枕边奏起十分动听的音乐；他看见，它们用小鸟的歌声和芬芳的花朵来逗引人们；他看见，它们拿着魔镜对着那些做着噩梦的人们做怪脸。

他看见，这些妖怪不仅在熟睡的人们中间，也在醒着的人们中间窜来窜去。它们的活动很不协调，各有各的性格，扮演的角色也截然不同。他看见，一个妖怪插着许多翅膀来加快自己的速度，另一个妖怪却在身上绑上链条和重物来减慢自己的速度。他看见，有些妖怪把时针拨快，有些则把时针拨慢，而有些则想尽办法让时钟完全停摆。他看见，它们在一个地方举行婚礼，在另一个地方举行葬礼；在这间屋里进行选举，在那间屋里举行舞会；到处都在忙忙碌碌，永不停顿地活动着。

这群游移不定、光怪陆离的幽灵和一直在喧闹的钟声，弄得托罗蒂手足无措。他靠在一根圆木柱上，脸色苍白，默默地、惊愕地左顾右盼。

在他注视着的时候，钟声停止了。顿时一切都变了样！那些幽灵都精疲力竭，萎靡不振，行动笨拙了。它们想飞，但是摔死了，在空中消失了，没有新的幽灵来顶替它们。一个迷路的幽灵非常轻快地从大钟面上跳下来，落在他脚上，可是没等转过身来就死了，消失了。刚才在钟楼上嬉戏的幽灵中有几个还在，它们又来回折腾了一阵，但越转越慢越转越少，越来越没有力气，很快也同其他的幽灵一样，死去了。最后一个是小驼背，它钻到一个有回声的角落里，来回乱窜，独自晃悠了好一阵。它十分顽强，后来只剩下一条腿，甚至一只脚，仍然不愿离去，但最后也消失了。于是，钟楼里出现了一片静穆的气氛。

只是在这时候，托罗蒂才发现刚才没看见的东西，每座钟里有一个同钟一样大小、一个模样，有胡子的人影——这简直不可思议，又是人影，又是钟。它像巨人一般，威严而阴郁地注视着他，而他却像给钉在地上似的，动弹不得。

真是神秘而可怕的形象！它们没有地方倚靠，就这样待在黑夜的钟楼里，顶着帽子的脑袋，隐没在阴暗的屋顶下，显得静谧而阴森。尽管托罗蒂借着铜钟本身的反光（别的光线一点也没有）看得见它们，但还是显得那么阴暗。每个魔影都把一只裹着的手放在它的魔嘴上。

因为失去了一切活动能力，他无法不顾一切地钻到地板缝里去。要不，他真会这么办的——哎哟，他真是情愿从塔尖上倒栽下去，也不愿意看到它们睁着没瞳孔的眼睛盯着他瞧。

在这凄凉的地方，笼罩着一片无边无际的可怕的夜幕。恐怖和畏惧像一只幽灵的手，一次又一次地触动着他。他孤苦伶仃，在他同人们居住的地面之间，隔着一条漫长的、阴暗的、曲折的、鬼怪出没的道路。他待在很高、很高、很高的地方。过去，白天里，他仰望在这里飞翔的小鸟，也会感到头晕眼花的。他同一切善良的人们断绝了联系，此时此刻，他们正在家里安安稳稳地睡在床上。这一切使他感到战栗，这不是精神上的，而是肉体上的感受。这时他的眼睛、思维和恐怖心理都集中在那些虎视眈眈的怪物身上。它们不同于世界上的任何东西：身上笼罩着黑沉沉的、晦暗的阴影，容貌和模样是那么奇特，还不可思议地悬吊在空中。但是，它们跟那些支撑着铜钟的高大橡木架、横木和房梁一样，显得清清楚楚。那些架子和横木把它们层层围困在木柱中间。这些怪物从那些错综交叉的木柱后面，犹如从那些受它们鬼蜮伎俩摧残的枯枝后面，阴郁地、目不转睛地张望着。

一阵寒风飒然吹过钟楼，凛冽而刺耳！阵风一过，那座大钟，也就是那座大钟的幽灵，开始说话了。

"是谁在那儿呀？"它问，声音十分低沉。托罗蒂仿佛觉得别的幽灵也在发出同样的声音。

"我以为钟声在叫我的名字！"托罗蒂举起双手，祈求似的说，"我不知道我为什么待在这儿，也不知道我怎么来的。这钟声我已经听了好多年了，它们常常给我带来安慰。"

"你感谢过它们吗？"铜钟问。

"感谢过上千次了！"托罗蒂说。

"你怎么感谢的呀？"

"我是个穷人，"托罗蒂结结巴巴地说，"只能用言语来感谢它们。"

"老是这样吗？"铜钟幽灵问道，"你从来也没有说过对不起我们的话吗？"

"没有！"托罗蒂急切地回答说。

"你从来没有说过我们的坏话、错话和卑鄙的话吗？"

铜钟幽灵接着问。

托罗蒂正想回答"从来没有!"但他停住了,感到有些惶恐。

"时代的声音,"那幽灵说,"在召唤人类:前进!岁月在要求人类前进、发展。时光要增加人类财富,让人们更幸福,能过上更好的生活。它让人类朝着上帝创世时就预定的目标前进。多少世纪的黑暗、邪恶和暴力来了又过去了。为了给人类指引方向,千百万人受难,生活,然后又溘然长逝。谁想要让人类后退,或者想让他们在前进的道路上停顿下来,就等于让一部庞大的机器停车。这部机器就会把这干预者碾碎,而在这短暂的停顿之后转动得更猛烈、更狂暴!"

"我知道我从来没有干过这样的事情,先生,"托罗蒂说,"如果干过的话,那也完全出于偶然。我不会有意这样干的,决不会的。"

"谁要让时代或它的仆人发出遗恨的呼声,"铜钟幽灵说,"来谴责经受了考验和失败的日子,以及这些日子留下的连瞎子都看得见的深刻痕迹——在任何人都能听见对这样一个过去表示遗憾的时刻,这呼声只顾眼前,表示非常需要人们的帮助——谁这么干,谁就错了。而你却对我们钟声干过这样的错事。"

托罗蒂起初那种极度恐惧消失了。但是,读者知道,他一向对铜钟是很友好、很感激的。因此,当他听到自己被指责为严重地伤害了铜钟的人时，内心充满了悔恨和悲伤。

"如果您知道，"托罗蒂虔诚地合起双手，"也许，您已经知道了——如果您知道，您有多少次陪伴着我，在我情绪低落时安慰我，在我女儿梅格的母亲刚刚去世、世上只留下我和她的时候，您曾是她的玩具，几乎是她唯一的玩具，这样，您就不会因为我说过几句冒昧的话而见怪了！"

"在我们的声音中，谁要是听到一个音调是对遭遇种种不幸的大众的任何希望、欢乐、痛苦和忧伤表示漠不关心或厌恶，谁要是以为我们会同某种信念发生共鸣，像计算人们赖以苟延残喘的些许食物那样，去衡量人类的苦难和感情，那就冤屈了我们。在这一点上你冤枉过我们！"铜钟说道。

"是的！"托罗蒂说，"噢哟，请原谅我吧！"

"世上那些愚蠢的寄生虫，要取缔忧伤而绝望的人们，这些人本来是应该高于这些时代的蛀虫所能爬到或者料想到的地位的。谁要是以为我们会附和那些寄生虫的话，"铜钟幽灵继续说，"谁要是这么说，就是对不起我们。你就对不起我们！"

"我不是有意的，"托罗蒂说，"怪我无知。我不是有意的！"

"最后一点，也是最重要的一点，"钟声接着说，"谁要是轻视那些堕落和受损害的伙伴，嫌弃他们，以为他们是可耻的，而不以同情的目光注视着那没有篱笆的峭壁——那些离开了美德而堕落的人们就是从这里摔下去的，他们在摔下去的时候抓住一把野草和土块，直到摔得血肉模糊死在下面的深渊中时还紧握住它们不放——就是对不起上帝和人类，对不起时光和后世。可你就是这么干的！"

"饶恕我吧，"托罗蒂跪下去呼喊着，"看在老天爷的分上！"

"听！"那幽灵说。

"听！"旁的幽灵也说。

"听！"一个清晰的童声说道。托罗蒂觉得他过去听见过这声音似的。

下面教堂中的风琴轻轻地奏了起来。声音越来越响，萦绕屋梁，充斥在歌唱队的席位和礼拜堂中。风琴声越来越大，往上飞去，往上，再往上，越来越高，越来越高，越来越往上飞去。这乐声冲击着粗壮的橡木建筑、空洞的铜钟、铁皮包的大门、坚硬的石梯的心灵，直到钟楼的墙壁抵挡不住了，才向空中飞去。

无怪一个老人的胸中装不下这么强大的声音。一行热泪，冲出了这脆弱的心胸。托罗蒂用双手捂住了脸。

"听！"那幽灵说。

"听！"旁的幽灵也说。

"听！"那孩子的声音说道。

一片和谐庄严的歌声飘到钟楼上。

这是十分低沉而悲伤的曲调——一首挽歌，托罗蒂倾听着，在歌声中听见了他女儿的声音。

"她死了！"老人惊呼起来，"梅格死了！她的灵魂在向我呼唤。我听见了！"

"你女儿的灵魂在哀悼死者，它同死去的东西混在一起——死去的希望，死去的想象，死去的对青春的憧憬，"铜钟回答道，"可是她还活着。你从她的生活中去吸取点教训吧，这是活生生的真理。从你最疼爱的人身上去了解一下，一个人要是生下来就是坏蛋，那该是多么不幸。你去看看人们从那优美花枝上把朵朵蓓蕾和片片绿叶逐一掐掉以后，它会变得多么萧条可怜。钉住她！死命钉住她！"

每个幽灵都伸出右手向下指着。

"钟声的幽灵是你的伴侣，"那幽灵说，"去吧！它就在你身后！"

托罗蒂转过身去，看见一个孩子！就是威尔·弗恩在街上抱着的那个孩子，就是梅格看护着的那个现在正在熟睡的孩子！

"今天晚上我还抱过她，"托罗蒂说，"就用这两只胳膊抱的！"

"让他瞧瞧他所谓的自己。"阴森森的幽灵齐声说道。

钟楼在他的脚下裂开了。他朝下一望，看见自己的躯体躺在外面的地上，摔伤了，一动也不动。

"已经不在人世了！"托罗蒂喊道，"死了！"

"死了！"所有的幽灵齐声说道。

"天哪！那新年——"

"新年已经过去了。"幽灵们说。

"什么？"他颤声喊道，"我迷了路，在黑暗中走到钟楼外面，摔下去——已经一年了？"

"九年了！"幽灵们回答道。

它们在回答之后，收回了伸出去的手。幽灵伫立的地方又出现了铜钟。

时间到了，钟声又响了起来。无数妖魔鬼怪又一次跳了出来，它们又像刚才那样各行其是，但又随着钟声的停止而渐渐消失，化为乌有。

"这是些什么东西？"他问他的向导，"我不会是发疯了吧，这是些什么？"

"是铜钟的幽灵回荡在空中的声音。"孩子回答道，"幽灵们的形象和行动都是按照人们的希望、想象以及人们所积聚的回忆塑造出来的。"

"那么你呢，"托罗蒂鲁莽地问道，"你是什么？"

"嘘，嘘！"孩子回答道，"你瞧！"

他疼爱的亲生女儿梅格出现在他眼前，她正在一间简陋的小房间里绣花。这种花他曾看见她绣过好多次。他没想去亲亲她的脸，他也没有去把她亲热地搂在胸前，他知道他已经不能再这样去抚爱她了。但是，他屏住急促的呼吸，抹去蒙住眼睛的泪水，想好好地看看她，只要能看见她就行了。

哎呀！变了，变了。那明媚的眼睛已失去光芒。红晕已从脸颊上消失。她还像过去那么美丽。可是希望、希望、希望，他往日见到的那有声有色的美好的希望，如今到哪儿去了？

她放下活计，抬头看看她的伙伴。老人随着她的视线望去，吓了一跳！

他一眼就认出了那个业已成年的妇女。在那柔软的长发中，他看到了那些同样的鬈发，她嘴边还浮现着稚气。瞧！她投向梅格的那种好奇的眼光，同他抱她回来时凝视着梅格的眼神一模一样！

那么，在他身边的又是什么呢？

他惊愕地望着它的脸蛋儿，看到脸上有一种高傲的、模糊的、不可捉摸的神气，最多就像那儿的人一样有点那个孩子的模样，不过这就是那个孩子，是她，穿的衣服都一样。

听！她们在讲话呢！

"梅格，"莉莲迟疑了一会儿，说道，"你怎么不绣花，却老是抬头望着我呀！"

"是不是我的样子变得很厉害，你害怕啦？"梅格问。

"不，亲爱的！你自己也觉得你问得好笑，可是在你望着我的时候，为什么不笑哇，梅格？"

"我在笑，不是吗？"她回答着，对她笑了一笑。

"现在你笑了，"莉莲说，"可平时你不笑。有时候，你以为我挺忙，看不见你，你的神气就那么忧伤和愁闷，我都不敢抬起眼睛来看你。我们的日子又艰苦又劳累，是没有什么值得高兴的，可是你从前多快活呀！"

"我现在不快活吗？"梅格用一种诧异的声调问道，起身去拥抱她，"是不是我把这没意思的生活弄得叫你更厌烦了，莉莲？"

"只有你，才使生活有点意义。"莉莲热情地吻着她说，"有时，只是为了你，我才愿意这样活下去，梅格。这么重的活儿，这么重的活儿！这么多钟头，这么多白天和这么多漫长的黑夜，总干着这种烦人的、没希望的、永远也干不完的活儿。我们这么干，不是为了发财，不是想过什么豪华享乐的生活，也不是想过上虽则粗衣淡饭，但还能吃饱穿暖的生活，而只是想挣一点面包，好让我们支撑下去继续做苦工，继续受磨难，活着忍受那艰难的命运！梅格，梅格呀！"她提高了嗓门，边说边用双手抱着她，样子显得很痛苦，"眼睁睁看着我们这样生活，这残酷的世界怎么还能继续存在下去呢！"

"莉莲！"梅格安慰着她，把她的头发从满是泪水的脸上往后拢了一下，然后说，"别这样，莉莲！瞧你，多漂亮，多年轻呀！"

"哎呀，梅格！"莉莲打断了她，把她推开，哀怨地望着她的脸蛋儿，"这是最糟、最糟的事了，梅格！马上让我老起来，变得憔悴、老态龙钟吧！让我摆脱诱惑我这个年轻人的那些可怕的念头吧！"

托罗蒂转身去看他的向导。这时，那孩子的灵魂已经飞走，无影无踪了。

他自己也不在原来的地方了。那位穷人的朋友和父亲约瑟夫·鲍利爵士正在鲍利大厅里为鲍利夫人的诞辰举行盛大的庆祝活动。由于鲍利夫人是元旦出生的——当地报纸认为这是命运有意突出鲍利夫人这位命中注定的世上第一号人物——这次庆祝活动就在元旦举行。

鲍利大厅中宾客如云。那位红脸绅士在那里，法勒先生在那里，伟大的市政官丘特也在那里。市政官丘特对大人物总是心怀敬意，他的那封彬彬有礼的信件，把他同约瑟夫·鲍利爵士之间的关系大大推进了一步。从那时起，他简直就成了鲍利爵士家中的常客。还有很多宾客在那里。托罗蒂的灵魂也来到这里。这个可怜的幽灵在悲伤地到处徘徊，寻找它的向导。

大厅里的盛宴快要开始了。约瑟夫·鲍利爵士将以穷人的朋友和父亲这一显赫的身份，在宴会上发表伟大的演说。他的朋友和孩子们事先将在另一间客厅里吃点葡萄干布丁；一听到铃响，朋友们和孩子们将成群地挤到他们的朋友和父亲的身旁，形成一个家庭集会。每个人的眼里都将涌出感激的泪花。

不过，这儿还会有更多的花样！比这还要多呢！约瑟夫·鲍利爵士，这位从男爵和议员，要跟他的佃户们玩九柱戏①——地地道道的九柱戏！

"这使我想起了，"市政官丘特说，"老国王哈尔②的年代，勇敢的哈尔国王，直爽的哈尔国王。啊，一个了不起的人物！"

"是不错！"法勒先生冷冰冰地说，"他讨了许多老婆，后来又把她们害死了。这个数字，我顺便插一句，比人们娶老婆的平均数要大得多。"

"你也要讨漂亮的女人，但是不会把她们害死的，对吗？"市政官丘特对鲍利十二岁的继承人说，"可爱的孩子！要不了多久，这位少爷就要参加议会了。"市政官扶着他的肩膀，若有所思地说道，"我们将听到他在选举中取胜，听到他在下院发表演说，听到政府对他的任命，听到他取得各种辉煌的成就；哎呀，我确信，我们还来不及了解什么情况就得在市政会议上为他发表点演说了！"

"哎哟，鞋袜的差别真大啊！"托罗蒂想道。可是他心中还是惦念着那个孩子，他怜爱那些同她一样没有鞋袜穿的、按照市政官的预言肯定会变坏的孩子。因为他们可能就是

---

① 这种游戏是将一木制圆球扔出，使之滚向前方 21 英尺处布成菱形竖立的 9 个小木柱，以击倒木柱数量多少计胜负。

② 老国王哈尔，指英国国王亨利八世，他先后娶过六个妻子，并把其中两个杀害了。

可怜的梅格的孩子。

"理查德，"托罗蒂哀叫着，在人群中来回寻找，"他在哪儿？我找不着理查德！理查德在哪儿？"

如果他还活着，看来也不会在这里的！但是，悲伤和寂寞把托罗蒂弄糊涂了，所以他还在那珠光宝气的人群中徘徊，一面寻找他的向导，一面说："理查德在哪里？给我找找理查德吧！"

他正在这样游逛的时候，迎面遇到了那位机要秘书菲什先生。这人的神情非常激动。

"天哪！"菲什先生喊道，"市政官丘特在哪儿？有人见到市政官吗？"

见到市政官？天哪！谁还能不看见市政官呀？他是那么体贴殷勤，老惦记着人们想要觐见他的愿望。所以，如果说他有什么缺点的话，那就是他老想出头露面。因此，哪里有大人物，哪里就一定有丘特。他与这些大人先生真是心有灵犀一点通啊！

好几个人回答说，他在约瑟夫爵士身边。菲什先生就往那里奔去，找到了他，偷偷地把他拉到旁边的窗前。托罗蒂身不由己地走了过去。他觉得有股力量让他朝那个方向走去。

"亲爱的市政官丘特，"菲什先生说，"再过来一点儿！发生了一件非常可怕的事。我刚刚得到消息。我想最好等过了今天再告诉约瑟夫爵士。你了解约瑟夫爵士，不知道你的意见怎样？事情太惨，太可怕了！"

"菲什！"市政官说道，"菲什！我的好伙计，出什么事了？但愿不是什么革命吧！不——不会是有人想干涉地方长官的职权吧？"

"迪德尔斯，那个银行家，"秘书气喘吁吁地说，"迪德尔斯兄弟公司的——他今天本来要到这里来的——他在戈德史密斯公司中担任着高级职务——"

"不是公司倒闭了吗？"市政官惊呼道，"这不可能！"

"一枪把自己打死了。"

"天哪！"

"在他的会计室里，用双筒手枪冲着自己的嘴，"菲什先生说，"无缘无故地打穿了自己的脑袋。他的财产赶得上皇亲国戚了！"

"财产！"市政官说道，"一个富翁。一个最可尊敬的人。自杀了，菲什先生！用自己的手把自己杀害了！"

"就在今天上午。"菲什先生接着说。

"哎呀，人的脑子呀，脑子！"虔诚的市政官举起双手说，"哎，人的神经哪，神经！所谓'人'的神秘机器呀！只要有一点事儿，就可以将它毁掉！我们都是些可怜虫哪！也许是因为一顿晚餐，菲什先生。或者是由于他儿子的行为，我听说，他儿子放荡得很，老是不经许可就开账单要老头子付钱。他可是一个最可尊敬的人，是我认识的最可尊敬的人之一。真可惜，菲什先生！这是民众的不幸！我一定要戴重孝。一个最可尊敬的人！可是皇天在上，我们只得听天由命了，菲什先生。我们只有听天由命！"

怎么啦，市政官！你怎么不说取缔了呢？请你回忆一下，法官，你是怎么吹嘘你的高尚品德并以此为荣的！喂，市政官！你用天平来衡量一下吧！这边放上我这个没有晚饭吃的饥肠辘辘的人和穷苦的妇女——饥饿挤干了她的奶水，使她不能满足她孩子吮奶的要求，而神圣的母亲夏娃是允许孩子这样做的。你这个但以理①，当末日来临，你要去接受上帝审判的时候，你先给我把这两者衡量一下。你要当着千万个穷苦大众、面对着见过你那种丑剧的，并不健忘的观众，把他们衡量一下！要是你发了疯——不一定到这种地步吧，但很有可能——自杀了，从而向你的伙伴们（如果你有的话）表明，他们那种自以为是的劣根性也会表露在怒吼着的、心灵遭受创伤的人们面前，那时又会怎么样呢？

这些话在托罗蒂的胸中沸腾着，似乎是他心中另一个人在说话。市政官丘特向菲什先生保证，等这天过去之后他将协助他把这个悲惨不幸的消息告诉约瑟夫爵士。接着，他又在分手前辛酸地握着菲什先生的手说，"这是一个最可尊敬的人哪！"还说，他简直不知道（连他都不知道！）为什么世界上竟能容忍这种不幸发生。

"要不是人们还有点知识，"市

---

① 但以理，古希伯来的大预言家，曾为尼布甲尼撒王圆梦。《圣经·旧约·但以理书》中就记载着他的预言。

政官丘特说，"这种事真会使人以为，事物中有时存在着某种颠覆性的力量，会影响社会的整个经济结构。迪德尔斯兄弟公司！"

九柱戏玩得非常成功。约瑟夫爵士非常熟练地连续击中了小木柱；鲍利少爷在较近的距离也打了一盘。于是，人们都说，在从男爵①和从男爵的公子玩九柱戏的时候，国家的元气很快就恢复了。

时候一到，宴会就开始了。托罗蒂也身不由己地跟着其他人回到大厅，他觉得有一种比他自己的意志更强烈的力量把他引到宴会厅里。这儿呈现着一片十分欢乐的景象。女士们一个个雍容华贵，宾客们兴高采烈，温文尔雅。当下面的门打开时，一群身穿农村服装的人蜂拥而入，那美丽的情景达到了顶点。但托罗蒂却一再嘟哝着："理查德在哪里？他应该去帮助她，安慰安慰她！我找不到理查德啊！"

有几个人发表了讲话，大家为鲍利太太的健康干杯！约瑟夫·鲍利爵士对此表示感谢，并发表了一篇伟大的演说，引用各种事实，证明他生来就是穷人的朋友和父亲，等等。他举杯祝贺他的朋友和孩子们，祝贺神圣的劳动！这时，大厅尽头发生了小小的骚动，这引起了托比的注意。在一阵混乱、喧哗和冲突以后，有一个人从人群中挤了过来，独自站在前面。

这不是理查德。不是的！

---

① 即约瑟夫爵士。

但他是托比经常想念和多次寻找过的人。要是灯光暗一些，他可能认不出这个精神疲惫的人，他是那样的衰老，头发灰白，弯腰曲背。但是，辉煌的灯火照亮了那蓬松的鬈发，因此他一站出来，托比就认出这是威尔·弗恩。

"这是怎么一回事儿！"约瑟夫爵士站起身来喊道，"谁让这个人进来的？他是监狱里出来的犯人！菲什先生，请你——"

"等一等！"威尔·弗恩说，"等一等！尊敬的太太，您是同元旦一起诞生的。请给我一分钟时间说几句话。"

她帮他说了几句话。约瑟夫爵士就又神气十足地坐了下去。

这个衣衫褴褛的客人——因为他穿得破破烂烂——向大家扫了一眼，深深地鞠了一躬，向他们表示敬意。

"先生们！"他说，"你们为劳动者干杯了。请看看我！"

"刚从监狱出来。"菲什先生说。

"是刚从监狱出来，"威尔说道，"而且已经不是第一次，不是第二次，不是第三次，也不是第四次了！"

人们听到法勒先生迫不及待地指出，四次已超过平均数，他应该为自己感到羞耻。

"先生们！"威尔·弗恩又说，"瞧瞧我！你们可以看到我已经不可救药了！再也不能伤害我，再也不能给我带来痛苦了！你们已经不能帮助我了，你们殷切的言语和仁慈的行动都对我起作用的时刻，"他捶着胸，摇摇头说，"已经同去年蚕豆或三色堇散发在空中的香味一起消逝了。让我为这些人说一句话吧。"他指着大厅中的劳动者说,"当你们聚集在一块儿的时候,听我讲一讲千真万确的真理吧!"

"这里没有一个人会把他当成自己的代言人。"主人说。

"很可能,约瑟夫爵士。我相信这一点。可是,我说的话,也许不会因此而减少它的真实程度。也许,正因为这一点,他们才不要我当他们的代言人。先生们,我在这里生活了许多年。你们从那边倒塌的围墙口,可以看到那间茅屋。我已经上百次地看到女士们把它画在本本上。我听说,在画面上,这茅屋很好看。可是画面上看不到刮风下雨。也许,这样的茅屋只适用于做绘画的题材,而不适宜于住人的。可是,我就住在那里。我住在那里,经历了多少艰难、多少痛苦,我就不说了。一年到头,天天如此,对于这一点,你们自己也能想象得到。"

他说话时的那副神气,就像托罗蒂那天晚上在街上碰到他时的神气一样。只是他的声音更加低沉、更加嘶哑,还时而有些颤动。但他从不激昂慷慨,提高嗓门,难得超过他说那些朴实事实时的那种坚定而严肃的声调。

"想在这样的地方健康地,或者比较健康地成长,要比你们想象的难得多,先生们。我长大成人了,没有成为畜生,这说明了我当时的为人。至于现在,已经没有人能为我说什么话或做什么事了。我已经不需要了。"

"我很高兴，这个人进来了，"约瑟夫爵士从容地环视着四周，说道，"不要打断他。看来，这是上天的安排。他是一个例子，一个活生生的例子。我希望并相信，而且切实地期望，在座各位朋友听了之后，不会觉得毫无收益。"

"我勉强活了下来，"弗恩停了一会儿说，"别人，以至我自己，都不知道是怎么熬过来的。但是日子太苦了，我没法装出笑脸，也没法使人相信我的心情很好。可是，先生们，你们这些参加各种会议的先生们，一看见有人脸上流露不满，就互相说，'这人很可疑，'你们说，'我对威尔·弗恩不放心。要注意那个家伙'！先生们，我不是说这种看法不正常，我只是讲事实。从那时起，不管威尔·弗恩干什么，或者什么也不干——都一个样，总是说他不好。"

市政官丘特把双手的大拇指塞进背心口袋里，靠在椅子上微笑着对身边的一个枝形吊灯架眨了一眼，好像是说："当然啰！我对你们说过的。这都是些陈词滥调！谢天谢地，我们早就知道这一套，我自己是这样，世人也是这样。"

"现在，先生们，"威尔·弗恩伸出了双手，瘦削的脸上浮现一阵红晕，"请你们看看，当我们面临这样的遭遇时，你们的法律是怎么样来陷害和追逼我们的。我想到别处去谋生。我成了流浪汉。把他关起来！我又回到这里。我到你们的森林里去拾野果，折断了一两根细树枝——谁都会碰到这种情况的。把他关起来！你们的一个管家，在大白天看见我背着枪待在我自己的一小块园地旁。把他关起来！我给放出来以后，自然同那人吵了一架。把他关起来！我削了一根手杖。把他关起来！我吃了一个烂苹果或者萝卜。把他关起来！我从二十英里外走回来时，沿路讨了一点吃的。把他关起来！最后竟会弄到这种地步：警察、管家，无论什么人，不管在什么地方，只要看见我，也不管我在干什么。把他关起来！因为他是游民，是个臭名昭著的惯犯！监狱成了他唯一的家！"

市政官一本正经地点了点头，似乎想说："这个家也不算差呀！"

"我说这些是为我自己吗？"弗恩提高嗓门说，"谁能还我自由，谁能还我名誉，谁能还我那无辜的侄女？偌大一个英国没有一个贵族老爷和太太能办到这件事。不过，先生们，先生们，你们在对待其他像我这样的人时，要有个正确的开端。当我们还躺在摇篮里时，请你们行行好，给我们一个好一点的住处。当我们为着生存而劳动时，给我们好一点的食物。当我们要误入歧途时，给我们制定一些仁慈一点的法律，让我们改邪归正吧！不要无论我们转到哪里总是把监狱、监狱、监狱放在我们面前。这样，你们只要对劳动者表示一点儿宽宏大量，他都会非常愿意接受，表示感激的，因为他有一颗容忍、温顺和忠厚的心。但是你们首先应该向他灌输一点正统的观念，因为现在，无论他是像我这样已经彻底完蛋的人，还是像目前站在这里的某一个人，他的精神同你们是格格不入的。把它扭转过来吧，先生们，把它扭转过来，把它扭转过来吧！不要等到有朝一日，在他变化了的心目中，觉得连《圣经》都变了样。他会觉得《圣经》上的话就像我在监狱里有时所感觉到的那样：'你去的地方，我不能去；你住的地方，我不能住。你的人民不是我的人民，你的上帝也不是我的上帝！'"

突然，大厅里出现了骚动和吵闹声。托罗蒂起初以为有几个人要跑过来攥走这个人，才哄乱起来的。但是过了一会儿，他发现刚才那间房子和在场的人都不见了。他的女儿又出现在他眼前，她正坐在那里绣花。那间阁楼比先前更加破烂，莉莲也不在她身边了。

莉莲先前用的那个绷子包得好好的，放在一个架子上。她原来坐的那张椅子已靠到墙边。从这些小事情和梅格忧伤的脸上，可以看到人事的变迁。是啊，谁还能看不出来呢！

梅格用劲儿睁开眼睛做着手中的活计，直到天黑看不清针线时才放手。夜幕降临了，她燃起那微弱的烛光，继续干下去。她那隐身的老父亲还待在她身旁，望着她，爱抚着她——他多么爱她呀！——还亲切地跟她谈着往事，谈着铜钟的故事。虽然他知道，可怜的托罗蒂，他明知道她是听不见的。傍晚已过了一半，有人敲她的门。她把门打开。一个男人站在门口。这是个邋邋遢遢、闷闷不乐的醉汉，酗酒和恶习把他弄得衰弱不堪，他头发蓬松、没刮的胡须横七竖八。可是，从他身上某些痕迹看来，他年轻时是一个身材匀称、仪表堂堂的男子汉。

他在没有得到她的允许进屋来之前，一直站在那里没有动。她从门旁后退了一两步，忧郁地、默不作声地望着他。托罗蒂的愿望达到了。他看见理查德了。

"我可以进来吗，玛格丽特①？"

"可以！进来，进来吧！"

好在托罗蒂没等他开口就认出他来了，否则要是他心中还有一点怀疑的话，一听到那沙哑刺耳的声音，一定会以为这不是理查德，而是别的什么人。

房间里只有两把椅子。她把自己坐的那把让给他，自己却站在离他不远的地方，等着他开口说话。

可是，他却坐在那儿，脸上浮着一丝呆滞而黯淡的微笑，茫然凝视着地板。他堕落得这么厉害，看上去是那么失魂落魄，萎靡不振，使她双手蒙住了脸，转过身去，免得让他看出她内心的痛苦。

她那衣裙的窸窣声或是某种类似的细微声音惊醒了他，他抬起头来开始讲话，仿佛他进屋以后一直没有停过似的。

"还在做活呀，玛格丽特？你干得真晚！"

"我总是这样的。"

"早上也很早吧？"

"很早。"

---

① 梅格是玛格丽特的爱称。

83

"她也是这么说的。她说，你从来不知道疲倦，从来也不说你累了。你们在一起过的那些日子里，你从来没有这么说过。即使在你又累又饿、弄得昏过去的时候，也是这样。不过，我上次来的时候，已经跟你说过这些事了。"

"你是说了，"她回答道，"我还求你别再跟我说什么了，你正式答应过我，理查德，你绝不再说了。"

"正式答应过，"他茫然重复了一句，恍惚地大笑了一声，"正式答应过！当然，正式答应过！"不一会儿，他又像刚才那样，醒了过来，突然激动地说：

"我怎么能不说呢，玛格丽特？我有什么办法？她又去找我了！"

"又去了！"梅格两手一拍，大声地说道，"哟，她真的老想着我呀！她又去了！"

"又去了二十来次，"理查德说，"玛格丽特，她总是跟着我。在马路上，她从我身后走过来，把这个东西塞在我手里。在我干活的时候（哈哈！这不是常有的事），我听见她踏着尘土走过来，我还没来得及回头，她的声音就在我耳边响起，她说：'理查德，别回头。看在上帝分上，把这个给她吧！'她把这个拿到我住的地方去。她夹在信里寄来。她敲敲窗户，就把它放在窗台上。我能干什么呢？你瞧瞧这个！"

他拿出一个小钱袋，晃了一晃，钱袋里发出当啷当啷的响声。

"把它收起来，"梅格说，"把它收起来！她再去时你告诉她，理查德，我真心实意地爱她。我每天躺下睡觉以前都要为她祝福，为她祈祷。在我孤孤单单地做活的时候，我从来没有忘记过她。白天黑夜她都跟我在一起。假如我明天死去，临死时我也会想着她的。可是，我不能看见这东西！"

他慢慢地收回了自己的手，紧紧地捏着钱袋，昏昏沉沉地思索着说：

"我对她说过了。我对她说得非常清楚。从那以后，我把这件礼物送回去，放在她门口，已经十几次了。可是当她最后来找我，面对面地站在我跟前时，我怎么办呢？"

"你看见她了！"梅格惊呼起来，"你看见她了！噢哟！莉莲，我可爱的姑娘！噢哟，莉莲，莉莲！"

"我看见她了，"他不像在回答，而像在缓缓地倾吐他的心思，"她站在那儿，浑身颤抖着！'理查德，她怎么样了？她提起过我吗？她是不是瘦了？我原来在桌旁的那个座位，那个座位上放着什么？还有，她教我做活用过的绷子呢，她把它烧了吗，理德？'她就站在那儿。我听她这么说着。"

梅格停止了抽泣，弯腰听着他说，她屏住了气，泪水还在往下淌。

他坐在椅子上，两臂放在膝盖上，身子向前倾斜着，仿佛地上模糊不清地写着他要说的话，他得把这些辨认出来，联系起来。他继续说：

"'理查德，我已经陷得很深了。你可以想象得出，当我把它亲自送来，又看到你把它送回去时，该有多么难受！可是你曾经爱过她，连我都记得这事。你深深地爱过她。有旁人插到了你们中间。害怕、嫉妒、怀疑和虚荣心使你疏远了她。可是，你确实爱过她，这连我都记得！'我想是爱过的，"他自己停顿了一会儿，又说道，"我是爱过的！不过这又离题了。'是呀，理查德，如果你爱过她，如果你还记得已经消逝的过去，那就请你再送给她一次吧！再送去一次！告诉她我怎样哀求和祷告，告诉她，我把头倚在你的肩上——本来她自己可以倚在你肩上的——这样地哀求你，理查德。告诉她，你看着我的脸，看到她过去一直赞美的容颜已经完全消逝，完全消逝了！留下的是可怜的、深陷的、蜡黄的双颊。她看到了都会感到难受。把什么都告诉她吧！再把这个送去！她不会再拒绝的。她不会这样忍心的！'"

他坐在那儿沉思，重复地说着最后一句话，直到再次猛醒过来，才站起身来。

"你不收下吗，玛格丽特？"

她摇摇头，用手势恳求他离开。

"晚安，玛格丽特。"

"晚安！"

他转过身去望望她。她的忧愁，或许是她颤抖的声音流露出对他的怜悯，使他深受感动。这是非常迅速的动作。在那一刹那间，他的神态中又闪现出旧日的风采。然后，他又像来时那样走了。熄灭了的火焰重新冒出的火星，看来并没有使他更快地觉悟到自己的堕落。

不管情绪如何，不管有多么悲伤，也不管精神和肉体上遭受多大的痛苦，梅格的活还得干。她坐下来拿起活计，辛勤地劳动着。夜深了，已是半夜时分。她还在做活儿。

那天夜里很冷，她生着一小堆火，有时起身添点柴。她正忙着加火的时候，钟声敲响了十二点半。钟声一停，她就听见有人轻轻地敲门。她还没有来得及弄清楚深更半夜谁来敲门，屋门就给推开了。

啊，青春和美丽，你们应该是幸福的，瞧瞧吧。啊，青春和美丽，你们尽力想实现仁慈上帝的旨意，不但自己幸福，还要让周围的人感到幸福，你们瞧瞧吧！

她一看见来人，就尖叫了一声："莉莲！"

她扑过来，抓住了梅格的衣服，跪在她跟前。

"起来，亲爱的！起来，莉莲！我心爱的！"

"不，梅格，不！就这样！就这样！紧紧挨着你，搂着你，让你轻微的呼吸吹在我脸上！"

"可爱的莉莲！亲爱的莉莲！我心爱的孩子，没有一个母亲能比我更心疼你，把头放在我怀里吧！"

"不，梅格。不！当我第一次望着你的脸儿的时候，你跪在我跟前。现在让我跪在你跟前死去吧！就在这儿死去！"

"你回来了，我的宝贝！我们要一起生活，一块儿干活，一块儿期望，一块儿死去！"

"啊！亲亲我的嘴，梅格；抱着我，把我搂在你胸前，亲切地望着我，可是不要拉我起来。就这样，让我跪在这儿最后看看你那亲切的脸庞！"

啊，青春和美丽，你们应该是幸福的，瞧瞧吧！啊，青春和美丽，你们想尽力实现你们仁慈上帝的旨意，瞧瞧吧！

"饶恕我吧，梅格！亲爱的，亲爱的！饶恕我吧！我知道你饶恕了我，我知道的，但是你说呀，梅格！"

她亲着莉莲的脸颊，这样说了。她现在知道了，自己搂着的是一颗破碎的心。

"上帝保佑你，最亲爱的，再亲我一次！上帝曾经让她坐在他的脚跟前，用她的头发擦干他的脚①。噢，梅格，上帝是多么慈悲和富于怜悯心呀！"

她死去了。那孩子的灵魂回来了，天真而快乐。它用手碰了一下老人，挥手让他离去。

---

① 《圣经·新约·路加福音》第七章中谈到，耶稣在迦百农时，有一个女罪人挨着耶稣的脚哭，眼泪湿了耶稣的脚，就用自己的头发擦干，又用嘴连连亲他的脚，把香膏抹上。于是耶稣赦免了她的罪。

似乎又出现了一些铜钟的幽灵，隐约地响起了钟声，模糊地看见那群鬼怪越来越多、越来越多，直到弄不清它们的数目，才把它们忘了。他也不知道怎么会有这样一种仓促的感觉，只觉得又过了一些年。这时，托罗蒂正在那个孩子的幽灵的陪同下，站在那里望着世间的一对伴侣。

这是胖胖的一对，脸红红的一对，安逸的一对。他们虽然只有两个人，但脸上的红光却比别人多十倍。他们坐在熊熊的炉火面前，中间放着一张小矮桌。如果热茶和松饼的香味在这房间里停留的时间不比其他多数房间长一些的话，那么这小桌上是刚放过茶点的。可是，所有的茶杯和碟子都已干净整齐地放在屋角的碗橱里，烤面包的铜叉也跟平常一样挂在角落里，铜叉无聊地伸出四个指头，仿佛想试戴一下手套似的。除了待在火炉旁边洗脸边咕噜的猫和它主人们的安详，甚至油腻发光的面孔以外，再没有别的明显迹象表明他们刚刚吃过饭。

这对惬意的夫妇——显然是结了婚的——把炉火均匀

地拨成两堆，坐在那里望着火星落到炉条上，他们一会儿打盹儿，一会儿又在一块较大的木炭落下去像是要着火似的时候，醒了过来。

然而，不用担心炉火会突然灭掉。因为火光不但照亮了这间小屋，照亮了门上玻璃窗框和半拉开的窗帘，还照亮着外屋的店堂。这是一爿小店。存货堆得满满的，塞满了屋子。这是一爿地道的贪得无厌的小铺，胃口同鲨鱼一样大。干酪、奶油、柴火、肥皂、泡菜、火柴、咸肉、啤酒、陀螺、糖果、孩子们玩的风筝、鸟食、冷火腿、桦树枝笤帚、磨石、盐、醋、黑鞋油、熏青鱼、文具、猪油、蘑菇番茄酱、妇女胸衣带、面包、毯子、鸡蛋、石笔；一落进这个贪婪的小铺所撒的网中，什么都成了鱼，所有的东西都给网住了。这店里还有多少其他的杂货，那就难说了。不过一卷卷细绳子、一串串洋葱、一磅磅蜡烛，还有铁丝笊篱和刷子，一簇簇从天花板上挂下来，就像一些奇形怪状的水果。散发着芳香的各种奇特的茶叶筒，证明门口挂的招牌是名副其实的，招牌告诉人们，这家小铺的主人是领有执照的茶叶、咖啡、烟草、胡椒和鼻烟的经销者。

托罗蒂瞅了瞅熊熊炉火照耀下的那些商品和两盏熏黑了的油灯射出的微弱光线。这两盏灯在店堂里显得暗淡无光，像是过多的货物把它们给压得喘不过气来似的。然后，托罗蒂又看了一眼坐在客厅火炉旁那两人中的一个。他不难认出，那个胖女人就是奇肯斯托克太太，她一直在发胖，当初在他同她打交道的时候就这样。那时她是杂货店老板娘，她的账本上还记着他欠她的一笔钱呢。

她那老伴的脸就比较难认了。他下巴又宽又厚，那皱纹简直宽得可以放进一个手指。两只圆瞪瞪的眼睛似乎在警戒它们自己不要再越来越深地陷进一脸松弛的肥肉中去。鼻子老是翕动着，像给堵住了似的。脖子又短又粗，胸脯上下起伏。此外还有一些类似的妙处。尽管这些特征是容易为人们记住的，但托罗蒂起初怎么也想不起他过去的熟人中有谁是这样的。可是似乎又有点面熟。最后他认出来了：是约瑟夫·鲍利爵士从前的听差在同奇肯斯托克太太一起做杂货买卖，并陪伴她走在崎岖坎坷的人生道路上。在托罗蒂的记忆中，多年前，这个红脸的呆子是同奇肯斯托克太太联系在一起的，当时他曾放托罗蒂进屋去，在那里托罗蒂向爵士承认他欠了那位太太的债，结果倒霉地挨了一顿臭骂。

托罗蒂已经是久经沧桑的人了，所以对这样的变故毫不在意。但是，联想有时是很强烈的。他不由自主地看了看门背后，过去，赊账人的姓名都是用粉笔写在那里的。那儿没有他的名字。有几个名字，但都是他不认识的，而且数量比以前要少多了。他据此推断，这个听差是主张现金交易的，他在插手小店的生意以后，对拖欠奇肯斯托克货款的人钉得很紧。

托罗蒂感到十分凄惨，他一直在为那命运多舛的女儿的青春和前途担忧，所以连看到奇肯斯托克太太的账户中没有她的名字，他也感到伤心。

"今天晚上天气怎么样，安妮？"约瑟夫·鲍利爵士的前任听差问道。他把腿搁到火炉前，还使劲把他的短胳膊伸过去搓腿。他那副神态似乎想说："要是天气不好，我就在这儿待着，要是天气好，我也不想出去。"

"又刮大风又下雨，"他妻子回答道，"看来要下雪了，外头漆黑漆黑的，冷得很。"

"我很高兴，咱们吃了一顿松饼。"这位前听差说，显得自得其乐，"这样的夜晚是该吃松饼的，煎饼也行，或者就吃萨利·伦恩甜饼①。"

这位前听差每数说一种食物，就像在仔细总结他干的一件好事。说完，他又像刚才那样搓搓他的粗腿，然后把腿弯过来，去烤那没有烤着的部位，还像有人搔痒似的哈哈大笑一声。

"看你这高兴劲儿，塔格比，我亲爱的。"他妻子说。

这家铺子过去叫奇肯斯托克，现在叫塔格比了。

"不，"塔格比说，"不，不见得。我是有点兴奋。松饼烤得很好，掌握了火候！"

他说着咯咯地笑起来，一直笑得脸色发紫。可是，他要让面孔变成另一种颜色，却很费劲，这就弄得他那悬着的粗腿直晃荡。

塔格比太太使劲

---

① 传说这种甜饼最早是由一个名叫萨利·伦恩的妇女做出来并沿街叫卖，故名。

给他捶背，把他当成一只大瓶子似的摇了摇，这才使他的两条腿安静了下来。

"哎呀，天哪，上帝可怜可怜他，救救他吧！"塔格比太太惊谎地叫着，"他怎么啦？"

塔格比先生擦了擦眼睛，又轻轻地说了一声，他觉得自己有点兴奋。

"不要再这样了，我的好人，"塔格比太太说，"要不你那么挣扎会把我吓死的！"

塔格比先生说，他不再这样了。可是他活着就是在挣扎，他呼吸越来越短促，脸越涨越红。如果可以根据这一点来判断，那他的身体是越来越不妙了。

"那么说，外面在刮风、下雨，看来还要下雪；天又黑又冷，是吗？亲爱的！"塔格比说道，一面望着火，一面回味着他那一阵兴奋的妙处。

"天气真坏。"他妻子摇着脑袋回答道。

"唉，唉！在这方面，"塔格比说，"这年头是同人一样的。有的死得很苦，有的死得很干脆。今年已经没有多少天好过了，所以正在挣扎。不过我还更喜欢这样的年头。有顾客，亲爱的！"

听到门响，塔格比太太已经站起来了。

"喂！"塔格比太太走进小店堂说，"买什么？哎呀！对不起，先生，真对不起。我没想到是您。"

她是在向一个穿黑衣服的绅士道歉。这人挽着袖口，歪戴着帽子,两手插在衣袋里。他把腿一跨,骑在啤酒桶上,向她点了点头。

"楼上的情况不妙,塔格比太太,"绅士说,"那人活不成了。"

"不是住在后阁楼上的那个吧?"塔格比大声问道。他也来到店堂参加谈话。

"塔格比先生,"绅士说,"住在后面阁楼上的那个人越来越不行了,眼看就要入土了。"

他朝塔格比和他妻子看了一眼,用手指关节敲了敲酒桶,看看里面还剩多少啤酒,他听出这桶上边是空的,便在那里有节奏地弹了几下。

"塔格比先生,住在后阁楼的那个人快死了。"绅士看到塔格比惊愕地站在那里,一声不响,便说了下去。

"那么,"塔格比转身对妻子说,"我告诉你,他得在断气之前离开这儿!"

"我看你们不见得搬得动他。"那绅士摇摇脑袋说,"我不敢说这事能办得到。你们最好还是让他待在那儿吧,他活不了多久了。"

"这件事,"塔格比说着,用拳头捶了一下称奶油的秤,把它打翻在柜台上,"就是我们,我和她发生争吵的唯一的事。你瞧,结果是这样!他终于要死在这儿,死在这屋子里,死在我们家里了!"

"那么他应该死在哪里呢,塔格比?"他妻子大声说道。

"死在收容所里。"他回答说，"收容所是干什么的？"

"不是干这个的，"塔格比太太十分激动地说，"不是干这个的！我跟你结婚也不是为了干这样的事情。不能那么想，塔格比。我不愿意，我不允许这样干。我情愿同你离婚，以后再也不见你的面。多少年来，这门上都挂着我这寡妇的名字，当时周围很远的地方都知道这铺子叫奇肯斯托克杂货店，大家都知道它买卖公平、信用好。当那扇门上还挂着我当寡妇那阵儿的名字时，塔格比，我就知道他是个英俊、稳重、果敢、自食其力的青年，我就知道她是我见过的人当中最最可爱、性情最最温顺的姑娘。我知道她父亲是世界上最朴实、最勤劳、最纯洁的人，那可怜的老人是在梦游时从尖塔上栽下去摔死的。如果我把他们从家里赶出去，天使就会把我从天堂里赶出去。他们会这样做的，而我也是罪有应得。"

当她说这番话时，她那张曾经是丰满而有酒窝的老脸，似乎又闪出了光芒。她擦干了眼泪，朝塔格比摇摇头，挥挥手绢，她那坚决的神情显然是难以抗拒的。这时，托罗蒂说："上帝保佑她！上帝保佑她！"

然后他怀着一颗激动的心，听他们讲下去。他还不知道是怎么回事，只知道他们在讲梅格。

如果说塔格比在客厅里有点兴奋的话，那么他在店堂里的那种抑郁的神情早已把它抵消了。现在他站在那里望着妻子，不想回答她的话。可是就在望着她的当儿，他偷偷地把钱柜里的钱统统装进了自己的腰包，这也许是由于心不在焉，也许是在采取预防措施。

那位坐在啤酒桶上的绅士，看来是当局派来为穷人看病的医生，他对夫妻间细微的意见分歧似乎早已司空见惯，根本不想在这种场合插话。他只是坐在那里轻轻地吹着口哨，拧开龙头让啤酒一滴一滴流到地上，直到周围没有动静了才住手。然后他抬起头来对塔格比太太，也就是过去的奇肯斯托克太太说：

"就是从现在看，这个女人有些地方也是挺有意思的。她怎么会嫁给他的呢？"

"哦，"塔格比太太在他身旁坐下，说，"这还不是她生活中最悲惨的一段，先生。你知道，好多年以前，她同理查德就很要好。当他们还是一对漂亮的年轻人的时候，一切都谈妥了，他们本来是应该在元旦那天结婚的。可是，不知怎么搞的，理查德听了一位绅士的话，觉得他还可以找到一个更好的姑娘，要是结了婚，他很快就会感到后悔的，她配不上他，一个血气方刚的年轻人不应该结婚。那位绅士也吓唬她使她非常难过，又怕他抛弃她，又怕她的孩子将来要上断头台，又担心结婚是一件糟糕的事情，等等。一句话，他们拖了又拖，相互之间失去了信任，终于连婚事也告吹了。不过，这是他的过错。她本来是会很高兴地嫁给他的，先生。后来有好几回，我看到，在他骄傲地、神气活现地从她跟前走过时，她是非常难过的。在理查德刚走上邪路时，她内心为他感到十分难过，从来还没有一个女人曾为一个男人如此悲伤过。"

"啊！他走上了邪路，对吗？"那位绅士说着，把啤酒桶的塞子拉出来，想从小洞口往桶里窥探。

"可是，先生，我认为是这样的，他没有正确地理解他自己。我觉得，对他们俩的分手，他内心是很痛苦的。可能他觉得在那些绅士面前不好意思，也可能是他拿不准她的态度。要不是因为这些缘故，他是会忍受一切苦难和考验，再一次向梅格求婚，并同她结婚的。我是这么想的。他从来也没有这么说过，这就更可悲！他开始酗酒、闲逛、同坏人厮混，他觉得这样下去似乎比他成家要好得多。他失去了他原来的模样、他的性格、他的健康、他的精力、他的朋友、他的工作，失去了一切！"

"他没有失去一切，塔格比太太，"那位绅士说，"因为他得到了一个妻子。我想知道他是怎么赢得她的。"

"我这就要讲了，先生。这种情况拖了一年又一年。他越陷越深，而这个可怜的孩子忍受着各种苦难，消磨着他的生命。最后，他完全潦倒了，被人赶了出来。没有人雇用他，也没有人理睬他。不管他到哪里，都吃闭门羹。他挨家挨户地到处找活干，又找到他找过上百次的那位绅士。这位绅士过去曾试用过他好多次（因为他到底还是个干活能手），而且也知道他的底细。他说：'我认为你已经不可救药了。世界上只有一个人还可能使你改邪归正。只有她相信你了，你才能再得到我的信任。'大概是这么个意思，他当时真是又气又急。"

"噢！"那位绅士说，"后来呢？"

"后来嘛，先生，他去找她，跪在她跟前，把情况一五一十地说了，而且求她救救他。"

"那她呢？——你别难过，塔格比太太。"

"那天晚上她来找我，说是想住到这儿来。她说：'我过去对他的感情同他对我的感情一样，都已经埋葬在坟墓里了，但是我想到这些，准备试一下。为了那个本来要在那年元旦结婚的天真无邪的姑娘的爱情（你还记得她吧），为了她对理查德的爱情，我希望能挽救他。'她还说，他曾受莉莲的委托去找过她，莉莲过去是信任他的，这一点她永远也不能忘怀。就这样，他们结婚了。当我看见他们回来的时候，我希望使他们在年轻时候分离的那些预言，不会像以往那样常常兑现的。否则就是给我一个金矿，我也不愿意做那样的预言。"

那位绅士从酒桶上站了起来，伸了伸懒腰，说：

"我想，一结婚他就虐待她了吧？"

"我认为，他从来没有这么干过，"塔格比太太摇摇头，抹着眼泪说，"有一阵，他变好了，可是他的毛病太根深蒂固了，改不掉。不久他的老毛病又犯了，而且堕落得很快，这时他又得了一场重病。我觉得，他一直是爱她的。我可以肯定这一点。我曾看见他一边哭泣和哆嗦，一面想吻她的手，我听见他叫她'梅格'，还说那是她的十九岁生日。现在，他躺了好几个星期、好几个月。她要照顾他和她的孩子，所以不能干她过去的活儿了。就算她能干，由于不能按期交货，也已经失业了。我都不知道他们日子是怎么过的！"

"我可知道，"塔格比先生嘟哝着，望了望钱柜，向店堂四周扫了一眼，又瞅了瞅他的妻子，然后自以为得计地晃了晃脑袋，"像两只好斗的公鸡！"

他的话给楼上传来的一声喊叫——一声惨叫打断了。那位绅士匆匆向门口走去。

"我的朋友，"他说着，回头看了一眼，"你不用争论是不是要把他赶出去了。看来，他已经给你省了这点麻烦。"

他一面说，一面快步跑上楼去，塔格比太太也跟着上去了，塔格比先生慢悠悠地跟在后面边喘气、边嘀咕。这一柜子钱压得他比平时更加喘不过气来，因为那里面都是些不便携带的铜板。托罗蒂同他身旁的小孩子一阵风似的上了楼梯。

"钉住她！钉住她！钉住她！"在上楼的时候，他又听见铜钟的幽灵在重复这句话，"从你最疼爱的人身上去体验一下吧！"

完了！完了！这就是她——父亲的骄傲和欢乐！这个憔悴而不幸的女人正在床边哭泣，如果那还可以说是张床的话。她低着脑袋，紧紧地把一个婴儿搂在胸前。谁也说不上这婴儿有多单薄、多虚弱、多可怜！谁也说不上这孩子又是多么珍贵！

"感谢上帝！"托罗蒂合掌喊道，"真是该感谢上帝！她很爱她的孩子！"

那位绅士每天都遇到这种场面，知道在法勒的总数中这是无关紧要的数字，只要在统计时随便划几道就行，所以显得心肠很硬，无动于衷。他把手放在已经停止跳动的心脏上，听听呼吸，说道："他的苦难已经到头了。这样倒更好！"塔格比太太尽量说些亲切的话来安慰她。塔格比先生却谈起哲理来了。

"好了，好了！"他两手插在口袋里，说道，"你知道，你不应该屈服。那可不行！你一定要奋斗！我在看门的时候，一个晚上甚至有六辆逃跑的双套马车停在门口。我要是一让步，那就糟了。可是，我凭着坚强的意志，没有开门！"

托罗蒂又听见一些声音在说："钉住她！"他回头看看他的向导，发现它正从他身边飞起，飞到空中去了。它只说了一句"钉住她！"就消失了。

他在她身边来回走动，坐在她脚边，抬头打量她的脸，想找一点她往日的痕迹，想听一听她过去那快乐的声音。他蹑手蹑脚地在婴儿身边转来转去，这孩子脸色苍白，过早地衰弱，脸色严肃得可怕，哭声这么微弱、悲伤、痛苦。可是他几乎把这孩子看作神仙，当成她唯一的保护者，当成能够使她活下去的最后一个完整的纽带。他把他作为父亲的希望和信赖寄托在这个孱弱的婴儿身上，注意着她对怀中的孩子投去的每一道目光，成千次地说："她爱孩子！感谢上帝，她爱这孩子！"

他看见房东太太在夜里照料她，在她那吝啬的丈夫睡着了、四周一片宁静时，回来鼓励她，陪着她流泪，把食物放在她眼前。他看到白天来临，然后是黑夜，白天过去，黑夜又降临。时光在流逝。那间死了人的屋子里已经没有死人了，房间里只剩下她和孩子。他听见孩子的呻吟和哭泣，他看见孩子折磨她，弄得她精疲力竭，在她累得打盹儿时，把她吵醒，伸出小手弄得她坐卧不安。她的态度却老是那样和蔼，对孩子总是非常耐心。非常耐心！她那慈母的心灵早在怀孕的时候就同婴儿交织在一起了。

这一阵，她生活十分艰苦，在令人难以忍受的可怕的贫困中挣扎。她抱着孩子，到处寻找工作，不管钱给的多少，不管是什么样的活计，她都干，干活时还让孩子仰面躺在她的膝盖上，望着她自己的脸。干上一天一晚，只能挣十来个铜板。她从来没有发过怨言，从来没有表现出轻慢或急躁的情绪，从来没有因为一时的气愤打过一下孩子，没有！这使他感到安慰，她一直爱着这孩子。

她从来没对别人诉说过她日子难熬，她白天在外面到处流浪，就是怕她唯一的朋友要问她的处境，因为从她朋友手中得到的任何一点帮助都会引起那善良的女人同她丈夫之间新的争吵。要在这么照顾她的家庭中老是引起争吵和口角，那才是新的痛苦呢！

她还爱着那个孩子，而且愈来愈爱了。但她的感情经历了一次变化。这发生在一个晚上。

她正在来回踱步、低声哼着催眠曲哄孩子睡觉，这时候，房门轻轻打开了，一个男人向屋里张望着。

"这是最后一次。"他说。

"威廉·弗恩！"

"这是最后一次了。"

他像一个被追逐的人似的倾听着，说话的声音很低。

"玛格丽特，我的劫数快到了。我不能不跟你告别一下，不向你说句感谢的话，就去了此一生。"

"你干了什么事啦？"她问道，惊恐地望着他。

他瞅了她一眼，但是没有回答。

他沉默了一会儿，把手一挥，似乎是要撇开她提出的问题，不高兴理睬这个问题。他说：

"照现在来说，玛格丽特，这是很久以前的事了。不过，那天晚上的情景我还记得一清二楚。那时，我们没有想到，"他向周围瞅了一眼，又接着说，"我们会这样见面的。这是你的孩子吗，玛格丽特？让我抱一下。让我抱抱你的孩子。"

他把帽子放在地板上，伸手去接孩子。他一接过孩子，就浑身颤抖起来。

"是个女孩儿？"

"是的。"

他用手遮住她的小脸蛋。

"你瞧，玛格丽特，我变得多么脆弱。我得鼓起勇气才敢看她！让她在这儿待一会儿吧。我不会碰疼她的。这是好久以前的事了，可是——她叫什么名字？"

"玛格丽特。"她急忙回答道。

"我很喜欢这个名字，"他说，"我很喜欢这个名字！"

他的呼吸似乎舒畅了一些。待了一会儿，他把手从婴儿的脸上挪开，又看了一眼。可是马上又把它遮住。

"玛格丽特！"他说着，把孩子交还给她，"这是莉莲的脸蛋儿。"

"莉莲的！"

"莉莲的母亲丢下她去世的时候，我怀中的莉莲，就是这样的脸蛋儿。"

"莉莲的母亲丢下她去世的时候！"她激动地又说了一遍。

"你的嗓门怎么这样尖啊！你干吗这样盯着我，玛格丽特？"

她瘫倒在一张椅子上，紧紧把孩子搂在胸前，哭泣着。一会儿她又松开手，焦急地看看孩子的脸，然后又把她紧贴在胸前。当她望着孩子的时候，有一种强烈而可怕的感情开始渗入她的母爱。这时，她那年老的父亲心里就阵阵战栗着。

"钉住她！"满屋都是这种声音，"从你最疼爱的人身上去体验一下吧！"

"玛格丽特，"弗恩说着，弯下身去吻吻她的前额，"我最后一次对你表示感谢。晚安，再见！把你的手伸给我，请你记住，从现在起你要忘掉我，就当我死在这儿了。"

"你干了什么啦？"她又问。

"今天晚上会有一场大火，"他边说边从她身旁走开去，"在这严冬的时刻，会有大火照亮黑夜，东西南北都会有火。当你看到遥远的天际出现红光时，大火就要燃烧起来了。当你看到遥远的天际出现红光，就不要再想念我了。你要是想起我，那就记住，这是我内心的地狱在燃烧，你看到的是它映在云彩中的火焰。晚安，永别了。"

她呼喊他，可是他已经走了。她失神地坐下去，直到婴儿惊醒了她，使她又感到饥饿、寒冷和黑暗。在漫长的黑夜里，她抱着孩子来回走动，哄着她。不时喃喃地说着"像莉莲在她母亲去世的时候那样！"在她重复这些话语时，她的步伐为什么这样急促，她的眼神这样激动，她的感情又这样强烈而可怕呢？

"这是爱，"托罗蒂说，"这是爱。她永远也不会不爱这孩子的。我可怜的梅格！"

第二天早晨她特别仔细地给孩子穿上衣裳，其实穿这么邋遢的衣裳，根本不用那么费心。她还想去找点吃的。

这天正是除夕。她一直跑到天黑，也没有吃到一点东西。她白跑了一天。

她挤在一群穷人中间，在雪地里静候着一位发放公家布施的官吏，他发的是法律规定的而不是耶稣在山上传道时讲的布施[①]，等这位官吏兴致来了，把穷人叫进去盘问一番，对这个说，"你到某某地方去"，对那个说，"下礼拜再来"，把另一个穷人当成足球，从这边踢到那边，从这个人跟前踢到那个人跟前，从这家踢到那家，直到他累死在地，或者开始抢劫，变成高一级的罪犯，那时就得马上满足他的要求了。在这里，她也一无所得。

她热爱这孩子，希望小家伙能躺在她怀里，能做到这点也就满足了。

天色已晚，寒风刺骨，漆黑一片。她紧紧搂着孩子，免得她着凉，来到了她所谓的家门口。她当时头晕眼花，只是在走到门口准备进屋时，才发现那里站着一个人。她看到房东把整个门给堵住了，像他那样的身材是不难做到这一点的。

"喔哟！"他低声说道，"你回来了？"

她望了孩子一眼，摇摇头。

"你不觉得在这儿白住的时间太长了吗？你没想过，你现在成了我这铺子里吃白食的老主顾了吗？"

---

① 据《圣经·新约·马太福音》第十五章记载，耶稣在加利利海边的山上传道时，曾让门徒把仅有的七个饼和几条小鱼掰开给众人吃，结果让4000人吃饱了。

塔格比先生说。

她仍然无声地祈求着。

"你是不是到别的地方去想想办法？"他说，"你是不是另外找一个住处。喂，你能不能办到？"

她低声说，天色太晚，明天再说吧！

"现在我知道你想干什么了，"塔格比说，"我明白你的用意。你知道，我们家对你有两种态度，你很喜欢让我们打架。我不想再吵架了，我好声好气地同你说话，就是为了避免吵架。但是如果你不走开，那我就要大声嚷起来，而且会说许多难听的话给你听。不过你不能进屋。这点我是下了决心的。"

她用手拢拢头发，突然望了望天空和那阴云密布的黑暗的天际。

"今儿是大年夜，我不愿意把不和、争吵和烦恼带到新的一年里去，不管是为了你，还是为了其他什么人，"塔格比说，他真是个兜售那位穷人的朋友和父亲的言论的小商贩，"我奇怪，你怎么能把这些东西带到新的一年里去而不觉得害臊。你要是在世上无事可干，老是屈服，还老在人家夫妻之间制造麻烦，那还是滚开的好，滚你的吧！"

"钉住她！死命钉住她！"

老人又听见了这样的声音。他抬头一看，发现空中飞舞着许多幽灵，它们指点着她的去向——她正沿着一条黑暗的街道走去。

"她爱孩子！"他悲伤地替她大声哀求着，"钟声啊！她还爱着她的孩子！"

"钉住她！"幽灵像一朵云彩在她走过的那条街道上空掠过。

他跟着一起追过去，他一直紧跟着她，望着她的脸。他又看见，在她的目光里燃烧着那种渗透在她母爱中的强烈而可怕的感情。他听见她在说，"像莉莲！变得像莉莲了！"她说着，脚步走得更加快了。

啊！要找一种力量去唤醒她！要找某种情景、声音或气味，在她火灼似的心灵中唤起一种亲切的回忆，要是能找到往日的亲人，让他出现在她的面前，那就好了！

"我是她的父亲！我是她的父亲！"老人叫喊着，向在头顶上飞舞着的幽灵伸出了双手，"可怜可怜她！也可怜可怜我吧！她上哪儿去呀？让她回来吧！我是她的父亲！"

可是，她急匆匆地往前走着，那些幽灵也只是指着她说："死命钉住她！从你最疼爱的人身上去体验一下吧！"

这声音引来了上百种回声。这些声音在空中回荡。他每吸一口气，仿佛都要吞进一些这样的声音。到处都是这样的声音，简直无法躲避。可是，她仍然在一股劲地赶路。眼中依旧闪烁着那样的光芒，嘴里一直不停地念叨着："像莉莲！变得像莉莲了！"

突然，她站住了。

"现在，让她回来吧！"老人揪着自己的白发，哀求道，"我的孩子！梅格！让她回来吧！伟大的上帝！让她回来吧！"

她用自己单薄的披肩把孩子包得暖暖的，用发烫的手抚摸着孩子的小腿，摸摸她的脸蛋，整整她那寒碜的小衣裳。她那衰弱的双臂紧紧搂着孩子，似乎再也不想把她松开了。她那干枯的嘴唇带着临死的痛苦和深沉的爱最后吻了吻孩子。

她把孩子的小手放在她的脖子上，塞在衣服里，放到忐忑不安的心口上，把孩子熟睡的脸蛋凑近她的脸，紧紧地贴着她。然后朝着河边快步走去。

她朝着那波涛滚滚的河流走去。那里，河水湍急、混沌。冬天的黑夜笼罩着大地，就像在她之前投河的许多人头脑中充斥着临死前的阴郁念头一样。在那里，岸边的点点灯火，放射出暗淡和模糊的光芒，犹如指引通向死亡道路的火把。在那深不可测的阴暗处，没有活人居住的痕迹。

她朝河流走去！她那绝望的步伐像奔流入海的湍急流水一样，奔向死亡的大门。当她经过他身旁朝着昏暗的河面走去的时候，他想拉住她。可是她那狂躁的人影，带着强烈而可怕的爱以及世人无法减轻或控制的绝望心情，像旋风似的，从他身旁一掠而过。

他跟着她。她在绝望地投河之前，在岸边站了一会儿。

他双膝跪下，仰望着在他们头上盘旋的铜钟幽灵，尖叫着。

"我懂得了！"老人喊道，"从我最疼爱的人身上，我体验到了！啊，救救她，救救她吧！"

他的手指能钩住她的衣衫，能抓住它了！他刚说完这些话，他就觉得恢复了触觉，知道已经拦住了她。

空中的幽灵往下瞪着他。

"我懂得了！"老人喊道，"啊！现在请饶恕我吧。过去，我因为热爱她——她是多么年轻和美丽呀！——曾经诽谤过绝望的母亲怀抱中的孩子的天性！原谅我的放肆、邪恶和无知，救救她吧！"

他觉得他的手又抓不住了。这些幽灵还是默不作声。

"可怜可怜她吧！"他喊道，"她的这种可怕的犯罪念头，是出自走入歧途的母爱！是出自我们这些堕落的人心中最强烈、最真挚的感情。你们想一想，这样的种子结出了如此的果实，她该是多么不幸啊！天老爷是希望她好的。世界上任何慈爱的母亲要是有这样的经历，都会弄到这个地步。啊！可怜可怜我的孩子吧，就是在这样的时刻，她还在可怜自己的孩子，情愿死去，把她不朽的灵魂孤注一掷，来拯救她！"

她躺在他的怀中。现在他把她抓住了。他的力气犹如巨人一般！

"我看见钟声的灵魂就在你们中间！"老人喊道，他认出了那个孩子，在幽灵们的目光鼓舞下，他继续说，"我知道，时间在为我们积累遗产。我知道，有朝一日所有欺负和压迫我们的人都会像落叶一样被时代一扫而光。我看见了，这一天快要来到了！我知道，我们应该有信心，有希望，既不能怀疑我们自己，也不能互相猜疑。我从我最疼爱的人身上已体会到这一点了。我又抱住她了。啊！神灵保佑，慈悲而善良的神灵，我在拥抱她的同时要牢记你们的教导！啊，神灵，慈悲而善良的神灵呀，我深深地感谢你们！"

他本来还想多说几句，可是那铜钟——那古老而熟悉的铜钟、他的亲切而忠贞不渝的朋友开始敲了起来。愉快的元旦钟声敲得那么有力，那么欢乐，那么高兴，他竟跳起身来摆脱了缠住他的梦魇。

"爸爸，"梅格说，"不管怎么样，你不能再吃牛肚了。得问问大夫，你能不能吃。你说了多少梦话啊，我的老天爷！"

她正坐在炉边的小桌旁做针线，正在她准备结婚时穿的一件朴素的衣裙上缝飘带。她是那么安详幸福，那么年轻漂亮，充满着美好的希望，他高兴地大喊一声，仿佛天使来到了他家。他想飞跑过去把她搂在怀里。

可是，他的脚绊在落到炉旁的报纸中。有人冲进来挤在他们两人中间。

"不！"就是这人喊了一声，声音异常有力、快活！

"连你也不行！连你也不行！在这新的一年里，头一个吻梅格的应该是我！是我！刚才我就一直在外面等着，想等钟声一响，就进屋提出这个要求。梅格，我心爱的，祝你新年快乐！祝你一辈子幸福，我亲爱的妻子！"

接着，理查德连连地吻她。

你一生中从未见过像托罗蒂后来的那种情景。不管你住在哪里，不管你见过什么样的世面，你一辈子也不可能见到他的那些表情。他坐到椅子上，拍着膝盖嚷着；他坐到椅子上，拍着膝盖笑着；他坐到椅子上，拍着膝盖又嚷又笑着。他从椅子上站起来去拥抱梅格，他从椅子上站起来去搂搂理查德，他从椅子上站起来去同时搂他们俩。他一再跑到梅格跟前，双手捧着她鲜嫩的脸蛋吻着，又退后几步去打量她，然后又像走马灯里的人一样，跑向前去。而且不管干什么，他总要坐到那把椅子上，可是在那儿总是一会儿也待不住。说真的，他高兴得忘乎所以了。

"明天是你结婚的日子，我的宝贝！"托罗蒂大声地说，"是你们真正的、幸福的大喜日子！"

"是今天！"理查德握着他的手喊道，"是今天！元旦的钟声已经响了。你听！"

钟声在响！上帝保佑它们那旺盛的活力。钟声在回荡。伟大的铜钟还是跟过去一样，这么洪亮、动听和庄严。它们不是用普通金属铸成的，不是普通的匠人锻造的。过去它们哪一阵子发出过这样的声音啊！

"可是今天，我的宝贝，"托罗蒂说，"你今天和理查德拌嘴了。"

"他是个坏家伙，爸爸，"梅格说，"你不是吗，理查德？那么任性，那么暴躁！他觉得与其对那个大人物市政官说自己的想法，倒过去取缔他，把他扔到不知什么地方去，还不如——"

"——亲亲梅格。"理查德提醒说。他也这么做了。

"别，别再吻了，"梅格说，"可是，爸爸，我不让他这么干，这有什么用呢！"

"理查德，我的孩子！"托罗蒂大声说道，"你生下来就是条好汉，你一直到死都应当是条好汉！可是，今儿晚上我回来时，你正坐在壁炉旁哭泣，我的宝贝！你为什么坐在壁炉旁流泪呢？"

"我在回想我们一起度过的那些日子，爸爸。就想这些！还想，你会挂念我，会感到孤单的。"

托罗蒂正想往奇妙的椅背上靠去，这时候，被这阵喧闹声吵醒的孩子披上衣裳跑了过来。

"哎哟，她在这儿呀！"托罗蒂喊着，把她抱了起来，"这是小莉莲，哈哈哈！咱们到了，再往前走！咱们到了，再往前走，咱们到了，再往前走！威尔叔叔也来了！"他停下脚步，去热诚地欢迎他，"哎呀，威尔叔叔，我今晚留你住下以后，做了个什么样的梦呀！哎呀，威尔叔叔，你来了，我真感激你，我的好朋友！"

威尔·弗恩还没来得及说一句话，一个乐队冲进屋来，许多邻居大声嚷着："恭贺新禧！梅格！""愿你们新婚幸福！""长命百岁！"还听到一些类似的、断断续续的祝贺。这时，那位鼓手——他是托罗蒂的好朋友——站了出来，说道：

"托罗蒂·维克，我的老伙计！听说你闺女明天要结婚。认识你的人都愿你幸福！认识她的人，都希望她幸福！认识你俩的人，都祝你们能享受到新年可能带来的一切幸福！我们来了，我们要用音乐和舞蹈来迎接这一幸福的来临！"

这时，响起了一片欢呼声。但我要说明一下，那位鼓手有点醉意，不过这倒没有关系。

"是啊，受到这样的尊敬真幸福！"托罗蒂说，"你们都这么亲切友好！这都是我那可爱的女儿的福气！她应该得到这样的尊敬！"

他们在半秒钟之内把一切安排停当，准备开始跳舞。梅格和理查德站在最前面。鼓手也举起双手要使劲敲鼓了。正在这时，外面传来了惊人的喧闹声，一位五十来岁，或者五十岁上下的漂亮女人兴冲冲地跑进来，后面跟着一个男人，捧着一只硕大无比的石水罐，紧跟着还有几个人，他们手里拿着骨柝①、小石斧和小铜铃，那不是大铜钟，而是一串小铃铛。

托罗蒂说，"这

---

① 由两根细长的骨、象牙或木棍制成，是人们用来夹在手指中间击拍的乐器。

是奇肯斯托克太太！"他又坐下拍他的膝盖了。

"结婚啦，也不告诉我一声，梅格！"这位善良的妇女说，"不行！除夕晚上，我不来为你庆贺一番，心就安不下来。我非来不可，梅格。就是我卧床不起，也得来。所以我就来啦！今儿是除夕，也是你新婚大喜的前夕，所以，我亲爱的，我热了一点甜酒，带来了。"

奇肯斯托克太太一提到甜酒，顿时引起大伙儿对她的敬意。石水罐像火山似的冒着香喷喷的热气和烟雾，手捧石水罐的那个人给烟雾遮住了。

"塔格比太太！"托罗蒂着迷似的围着她转来转去说，"我该说奇肯斯托克太太——上帝多多保佑你身心愉快。祝你新年快乐，长命百岁！塔格比太太，"托罗蒂向她行了礼，又说，"我该说奇肯斯托克太太——这是威尔·弗恩和莉莲。"

使他吃惊的是，这位尊贵的太太脸上竟然红一阵白一阵起来。

"该不是莉莲·弗恩吧！她母亲是死在多塞特吗？"她说。

她叔叔回答"是的"。他们两人赶紧走到一起，匆忙讲了几句话。结果，奇肯斯托克太太伸出双手热烈地同他握手，又自动亲了一下托罗蒂的脸颊，就把孩子抱到她那宽敞的怀里。

"威尔·弗恩！"托罗蒂一面往右手戴手套，一面说，"她是你想找的那个朋友吗？"

"是呀！"威尔说着，双手往托罗蒂的肩上一搭，"看来，她真像我已经找到的朋友那样好，如果还能有这样好的朋友的话。"

"喂！"托罗蒂说，"请你们奏乐吧。请吧！"

钟声还在门外起劲地响着，托罗蒂就站在梅格和理查德前面，牵着奇肯斯托克太太的手，在乐队、铃铛、骨柝和小石斧等伴奏下，跳起舞来。他的舞步简直是空前绝后的，基本舞步就是他特有的小跑步。

托罗蒂是做了一场梦吗？他见到的高兴和忧愁以及这些悲欢离合的主人只是一场梦幻吗？他自己就是个梦吗？叙述这故事的人是刚醒过来的梦中人吗？如果是这样的话，啊，听众，在一切梦幻中都对他很亲切的听众，要牢牢记住产生这些幻觉的严酷现实，在你的天地里努力去纠正、改进并缓和这一现实吧！你如果要这样做，你的天地绝不会是太大，也不会是太窄的。这样，愿你新年快乐！愿许许多多依靠你而得到幸福的人快乐！这样，愿一年比一年欢乐！切莫使我们最卑贱的兄弟姐妹得不到应有的幸福，这是我们伟大的上帝创造给他们享受的！

图书在版编目(CIP)数据

教堂钟声/(英)查尔斯·狄更斯著;裴因译.—北京:人民文学出版社,2016
(狄更斯的圣诞故事)
ISBN 978-7-02-012163-2

Ⅰ.①教… Ⅱ.①查… ②裴… Ⅲ.①中篇小说—英国—近代 Ⅳ.①I561.44

中国版本图书馆CIP数据核字(2016)第257211号

责任编辑　张海香
装帧设计　陶　雷
责任印制　史　帅

出版发行	人民文学出版社	开　本	890毫米×1290毫米　1/32		
社　址	北京市朝内大街166号	印　张	3.75		
邮政编码	100705	印　数	1—4000		
网　址	http://www.rw-cn.com	版　次	2016年12月北京第1版		
印　刷	三河市鑫金马印装有限公司	印　次	2016年12月第1次印刷		
经　销	全国新华书店等	书　号	978-7-02-012163-2		
字　数	68千字	定　价	34.00元		

如有印装质量问题,请与本社图书销售中心调换。电话:010-65233595